スーパー家政婦、転生したら悪役王女の専属お世話係でした（泣）

ひなの琴莉

この作品はフィクションです。
実在の人物・団体・事件などに
一切関係ありません。

スーパー家政婦、転生したら悪役王女の専属お世話係でした(泣)

スーパー家政婦、転生したら悪役王女の専属お世話係でした（泣）

◆はじまり

王宮の立派な庭園で、つかの間の休憩時間。

ベンチに腰をかけて、景色を眺めていた。

春の日差しはあたたかくて風が心地いい。

中心部に噴水があり、水しぶきが太陽に照らされてキラキラ輝く。

近づいて水たまりを覗くと、茶色のストレートヘアを一つ結びにし、茶色の丸メガネをかけた地味な自分が映った。

視線を上げて空を見る。

青くて、白い雲が浮かぶ。

色とりどりの花が咲き、目が楽しい。

甘い花の香りや、緑の青々した匂いを春風が届けてくれて、とても癒される。

生きている。

生きているだけで、人生素晴らしい。

「イテテ……」
頭痛がしてこめかみを指で抑えた。
事故に遭《あ》ってから、たまに頭が痛くなるのだ。
これは、一種の後遺症《こういしょう》かもしれない。
それでも私は元気にメイドとして働き、今を生きている。
私は、今世でも前世でも事故に遭う運命だったのかな……。
あの日のことを思い出していた――。
それは、十歳だった冬のこと。

◆

外に出た私は、肩をすくめた。
雪が降り、強風が吹き、視界が悪くて、ホワイトアウト状態。
こんな日に外出するなんて危険だ。
わかってはいるけれど、行かなければ絶対に後悔する。
馬車に乗り込むと、お父様が肩を抱いて体温を分け与えてくれた。
『寒いが我慢してくれよ、ジュリー』

左隣にはお母様がいて二人の間に挟まれながら、馬車が動き出した。

だんだんと風が強くなる。

頑丈な作りではあるけど、吹き飛ばされてしまうかもしれない。

そう危惧するほどの耳を突く風の音。

「……やはり引き返しましょうか？」

お母様が心配そうにお父様に話しかけるが、彼は首を横に振る。

「最後に会っておかなければ後悔をする」

「そうですね」

両親の大切な友人が危篤《きとく》だという知らせが入った。

彼女は、私の命の恩人だ。

伯爵である父は、どうしても見せたい場所があると言って、幼い私を連れて旅行したことがある。そこで出会った。

国の北の外れにある森には、澄んだ湖があり、その水で手を洗うと一生しあわせになれるという噂があった。

かわいい娘にしあわせになってもらいたい。

両親の慈愛から連れていってくれたのだが、旅先で私は高熱を出してしまった。

医者を呼ぼうとしたが、到着までには何時間もかかる。

しかし、このまま高熱にうなされていたら命が保証できない。

混乱して頭が真っ白になる両親に声をかけてくれたのが、宿泊先の近所に住んでいた女性モティーナさんだった。

彼女が薬草を持ってきてくれたのだ。

『湖の水で育てられた植物から作った薬草です。これを飲んだらきっと助かりますよ』

すがるような思いでそれを受け取り、父は私に飲ませた。

すると、みるみる回復して元気になった。

そして、私は無事に噂の湖で手を洗うことができたのだ。

もしあのとき薬草をもらわなかったら、間違いなく命を落としていただろう。

それからもモティーナさんとの交流は続いて、年に一度は遊びに行く間柄になっていた。

いつも美味しいアップルパイを焼いてくれ、穏やかな声で楽しい話を聞かせてくれる。

私も大好きな人だった。

そんな恩のある人が危篤だと聞いた両親は、いてもたってもいられなかったのだ。

雲行きが怪しかったので、私を連れていこうか両親は悩んだ。

『危篤』が危険な状態なことだと知った私は、どうしても行きたいとお願いをした。

両親は悩んだが、私を同行させた。

どんどんと馬車は走る。

しかし、天候はさらに悪化していった。
それでも前進し続けて、森の入り口に到着した。
ここからはさらに険しい山道だ。
無事に到着できますように……。
祈るような気持ちで、馬車に揺られていた。
なんとか峠《とうげ》を越え、あとは下るだけだ。
次の瞬間。
ドォォォォン！！！！
爆発に似たような音がした。
ものすごい衝撃に襲われる。
『きゃあああああああああああああ』
お母様が悲鳴を上げ『うぁわあああ』とお父様が叫ぶ。
呻《うめ》きに似た両親の痛みに苦しむ声。
馬が混乱してヒヒーンと鳴いている。
私も全身が強い痛みに襲われた。
頭を強く打ちつけてしまったのだ。
割れてしまいそうな激痛が走り抜ける。

『大丈夫ですか！　お怪我はありませんか！』

声をかけられるけれど、返事をする力が残っていない。

（……もしかしたら私、このまま死んでしまうの？）

薄れゆく意識。

絶対に死にたくない……。

まだまだ生きていたい……。

生きたい……。

そこで私は意識を失ってしまった。

◆

『本日、担当させていただきます、山田由香子《やまだゆかこ》と申します。三時間の契約で料理、洗濯、お子様のお世話でお間違いないでしょうか？』

『ええ、よろしくお願いします。買い物に出ますので、なにかありましたら電話くださ い』

『かしこまりました』

私は空中に浮いているような格好で、彼女たちのことを眺めていた。

ここは、どこなんだろう？
見たことない風景が広がっている。
あの人たちは誰？
黒髪、黒い瞳。
家主っぽい人が子供を置いて出ていく。
取り残された女性、由香子さんのことがなんとなく気になって観察することにした。
彼女は、小さな女の子に近づきしゃがんで視線を合わせた。
『由香子です。今日はよろしくね』
『……うん』
小さな女の子は、警戒した瞳を向けて、うさぎのぬいぐるみを抱きしめる。
由香子さんは、不安そうにしている子供に柔らかく微笑みかける。
そしてなにやら、由香子さんは歌いはじめた。
『ラーラララ♪　ランランラン』
子供が好きそうな明るく楽しいメロディだ。
すると女の子が立ち上がって、手をパンパンとたたいてリズムをとっている。
すっかり心を開いたのか一緒に歌う。
『お上手ですね』

由香子さんは幼い子供が本当に好きなのかな。

かわいくてたまらないというような表情だ。

見ているこちらまで胸があたたかくなってくる。

『ご飯を作ってくるから、塗り絵をして待っていてくれますか？』

『うん！』

立ち上がった由香子さんは、衣類を持ってバタバタ走り回り、続いて料理をはじめた。

しっかりとした壁で作られている建物の中で、水は銀色の管《くだ》から出ている。

切れ味のよさそうな包丁で野菜を切っている。

鍋はすごく薄くて軽そう。

つまみを回すと炎がついた。

いったいどんな仕組みになっているのかな。

遥か遠い世界を見ているような気分だ。

由香子さんは鍋の中に野菜を入れて、炒めていく。

手を動かしながらも子供に目配りをして、鍋を何個も使って休むことなくフル回転で働いている。

目まぐるしいスピードで料理が出来上がる。

まるで神様みたいな人だわ。

『みてー、いろぬったの』

『まぁ、とてもお上手！　今度は折り紙をするのはどうかしら？』

『わかったぁ！　こねこちゃんちゅくってあげりゅ！』

『楽しみ！　猫ちゃん大好きよ』

子供が遊びに集中している間にどんどん料理が完成し、気がつけば三十品ほど作っていた。

すごい。どれも美味しそうな料理だわ。

由香子さんが誰なのか見当もつかなかったけれど、どこかで懐《なつ》かしさを覚えた。

そこでまた強い頭痛を覚えたのだ。


次に目を覚ましたときには、ふかふかとした寝心地のいい天蓋付きのベッドの上だった。

瞳を動かして周りを見てみるが、身に覚えのない場所にいる。

ここは、どこ？

記憶を遡《さかのぼ》っていく。

馬車で出かけていたときに、なにかがぶつかってきて……。

強い衝撃があった。

頭と全身が痛くてそのまま気を失ったんだ。

私はきっと事故に遭ったに違いない。

どのくらいの間、眠っていたのだろう。

とても長い夢を見ていた気がする。

それよりも、お父様とお母様はご無事なのか。

起き上がろうとするが、全身が痛くて力が入らなかった。

ドアが開いて、誰かが部屋に入ってきた。

私の顔を確認したのは、白髪でふくよかな体をした医者らしき男性だ。

「やっと目が覚めた！　無事でよかった」

「……あ、あの」

「名前はわかるかい？」

「はい。ジュリー・ド・デスポーです」

「記憶障害にはなっていないようだね、安心した」

穏やかに笑みを浮かべた。

「状況は把握できているかな？」

私は頷いて口を開く。

「馬車に乗っていて事故に遭ったんだと思います……」

「それも記憶にあるんだね。そうなんだ。きみは王宮の馬車と事故に遭い、頭を強く打って二週間ほど眠っていたんだよ」

そんなに眠っていたなんて！

助かってよかったと胸をなでおろす。

「ここは……？」

「王宮内にある医務室だ。私は医者のガリル。体力が回復するまでしっかり面倒を見るように言われているんだ」

「そうだったんですね……。私の、お父様とお母様は無事なんですか？」

「……っ」

ガリルの顔色が曇り、眉毛を下げて、頭を左右に振った。

「う、そ……」

「……まだ幼いきみには、あまりにも悲しいことなんだが」

「いやぁあああああああ」

あまりにも強いショックだった。

私は現実を受け止めたくなくて、両手で耳を塞ぐ。

「そんな、信じられないわ！　いやよ！　お父様ぁ！　お母様ぁ！」

大声で泣き叫ぶ。

「落ち着いてくれ、ジュリー！」

医者の声で看護師が入室した。

「先生！」

「かわいそうだが押さえつけてくれ」

全員で私を押さえつける。

「この状態では危険だ。眠らせよう。薬を持ってきて」

「わかりました」

すぐに戻ってきた看護師に注射され、私は眠った。


両親は即死だったという。

危篤だったモティーナさんも、亡くなったと、のちに知った。

心にぽっかりと穴が開いたみたいだった。

絶望という言葉ばかりが頭に浮かんでいた。

兄弟もいない私は強い孤独感に襲われ、しばらくの間、うまく会話ができず、食事を摂ることができなかった。

入れ替わり立ち替わり入ってくる侍女に世話をされながら、ぼんやりと生きる。

彼女たちは本を読み聞かせてくれた。

かわいらしいぬいぐるみや素敵な花ももらった。

ありがたくて感謝で胸がいっぱいだった。

しかし、心に大きな悲しみを抱えた私は、ガリルにこんなことを言ってしまった。

「愛する人がいないなら、もう死んでしまいたいです」

彼は渋い表情を見せて、私の手をそっと握った。

「世の中には生きたくても生きられない人がいるんだ。命を助けてもらったことに感謝しなければいけないんだよ、ジュリー」

「……っ」

その言葉が胸にしみて涙がポロポロとあふれ出した。

そうだ、生きよう。

愛情を注いでもらった私は、徐々に回復、起き上がれるようになった。

そして軽い食事も口にできるようになった。

事故から一ヶ月後。

立ち上がれて奇跡的に私は元通りの体になったのだ。

元気になった私は、いつまでもここで過ごしていられないと悟る。

これから、どうやって生きていけばいいの……。

父は伯爵として生活していたが、領内での収入源となっていた農作物がここ数年不作だった。そのせいで人口と税収が減り、没落《ぼつらく》寸前と言われていたことを私は知っていた。

父には弟がいる。

爵位はきっと彼が引き継ぐことになるだろう。

叔父は酒癖が悪く、いい噂を聞かない。

故郷に戻ったら……。

彼に育てられ、いじめられ、肩身の狭い思いをしながら没落していくところを見る運命なのだろうか。

ズキズキと頭が痛む。

ここ最近、難しいことばかり考えているので頭痛が多いのかもしれない。

一人になっても生きていける道を見つけていかなければ、私はこのまま孤児院で暮らすことになる。

不安な気持ちでいると、パーンッと、大きな音が聞こえた。

何事だろうと思ってベッドから抜け出して外を見ていると、そこにメイドが入ってきて、珍しく起き上がってる私を見てやさしくほほえんでくれた。

「我が国のロシュディ第一王子が結婚なさったんですよ」

「……結婚」

「十六歳になられました。とても立派な王子様です」

私と六歳しか変わらないのに、もう結婚したなんて。

王族というのはそういうものなのかもしれない。

私ももっと大人だったら自分で生活できるのに。

メイドが出ていくと、また花火の上がる音が聞こえた。

ドンッ！

それが引き金となって、金槌《かなづち》で叩かれたように強い衝撃が頭を走った。

「うっ……痛いっ」

こめかみを押さえながら、その場にしゃがみこむ。

そして、事故で眠っていたときに見ていた夢を思い出す。

「山田由香子、二十六歳。……彼女は、前世の私？」

忘れていた遠い記憶が映像のように、次から次へと、由香子さんの思い出が見えてくる。

日本という国で生きて、いつも予約でいっぱいのスーパー家政婦だった。

家事全般と子供の面倒を見ることが大好きで、自分にぴったりな仕事。

あまりにも人気があったので、お昼の情報番組に出演し、さらに人気が爆発。

私のレシピ本まで出版してもらったのだ。

充実した毎日だが、恋愛だけはしたことがなくて、大好きな乙女ゲームや小説を読んで糖分を補給している日々だった。

やりがいのある仕事とゲームと小説があれば、もうなにもいらない。

このまま人生を謳歌《おうか》していこうと思っていたところ、事故に巻き込まれたのだ。

——あの日は、雨で視界が悪かった。

仕事を終えてバス停に向かって歩いていると、大型のトラックがスリップし……。

私のほうに向かってきてドーン。

跳ねられて体が宙に浮き……そのまま即死。

二十六年の人生を終えた。

ドンッ。ドドッ。

さらに祝いを知らせる音が引き金となって前世を思い出す。

ここは、トッチェル王国。

私が前世でハマっていた乙女ゲームに出てくる国と同じ名前だと気がつく。

「そ、そんなことってある？」

登場人物の中には、若き国王、ロシュディ陛下がいた。

ストーリーの中では父の国王が早く亡くなり、若くして国を引き継いだという設定だった。

ロシュディ陛下は妻を早く失くしていて、攻略対象者の一人。

国王陛下は、主人公と年の差があったけれど、実は私の推《お》し！

とにかくイケメンで、落ち着いていて、やさしくて、素敵だったんだよね。

まさかその世界に転生したとか？

信じられない気持ちでいっぱいになる。

えっ！　もしかしたら会えるかもしれないの？

完全に前世の記憶が戻った私は、異様にテンションが上がった。

会えるのかと期待してしまう。

しかし、待て。

冷静に考えて私のような身分の人間が、簡単に会える人ではない。

乙女ゲームの主人公のヒロインは、十八歳の優秀な魔術師。

恋愛はまるっきり初心者設定。

貴族、騎士、国王、隣国の王子などと恋をしていく。

順調にいかないこともあって、恋愛を阻《はば》もうとする意地悪な悪役も出てきた。

たしかその人は、ロシュディ陛下の第一王女だ。

もし本当にそのゲームの世界にいるのだとしたら、今日結婚した王子様の子供として生まれてくるに違いない。

第一王女が悪役だったということは覚えているんだけど……。

最後はどうなったんだっけ？

ゲームのエンディングが思い出せずに頭をひねる。

それよりもこれからどうやって生きていくべきか考えなければならない。
まだ子供なので、孤児院に入れられる可能性が高い。
実際に行ったことがないからわからないけど、自由がなさそう。
ゲームの世界にいるのだとしたら、私はどんな立場なの？
立ち上がって鏡の前に立つ。
こげ茶のストレートヘア。こげ茶の瞳。
メガネをしている地味な見た目。
肌が白い。
不健康そうだ。
間違いなくヒロインではないわね。
魔法なんて使えないし。
見た目は子供だが、前世の記憶を思い出してしまった今、頭脳は大人だ！
孤児院はつまらなそうなイメージがあったが、子供がたくさんいるはず。
やっぱりそこに入れてもらおう。
子供たちと遊んで大人になるまで時間を過ごすのも楽しそうだ。
叔父の家になんか絶対に行きたくないもの。

体調が回復した私は、孤児院に入ることになった。

今までお世話になった人とお別れするのは寂しかったけど、自分なりに感謝の思いを伝え王宮をあとにした。

神に祈りを捧げ、共同生活を送る毎日。

子供たちは事情がある子ばかりだったが、みんなかわいくて仲よくなった。

王宮にいたときは、ロシュディ王子にはお目にかかれなかったんだよねぇ。

ところがロシュディ王子が孤児院を慰問《いもん》することになったの。

間近で見れるなんてとテンションが上がりっぱなしだった。

一番広い部屋に集められ緊張しながら待っていると、ロシュディ王子が登場した。

ブロンドヘアがさらりと揺れて、美しい二重《ふたえ》で琥珀色の瞳。

金色のボタンがついた上着には、肩に金色の糸が垂れ下がっている。

胸元には王族のマークが刺繍《ししゅう》されていて、ウエストは紺色のベルト。

真紅のズボンの横にラインがある。

ゲームの世界で見た王子様が目の前にいて、胸がキュンキュンしていた。

超絶、麗《うるわ》しい！

「こちらがジュリーです」

他の子供たちに続いて孤児院の人間が私のことを紹介した。

ロシュディ陛下の美しい瞳がこちらを向いた。私はラッキーにも間近で拝むことができ、失神しそうになる。

「ジュリー、きみのことは話に聞いていてよく覚えている」

「あ、ありがとうございます」

会ったことはないけど、事故で王宮にいたことは報告を受けていたのだろう。

「元気に暮らしているようだな」

「は、はい！」

ゲームの中での声優の声よりも、生声《なまごえ》はもっといい。

芯があって王子様っていう感じがする！

興奮が伝わって変な人だと思われては嫌なので、柔らかな笑みを浮かべてその場をやり過ごした。

◆

十四歳になった八月。

花火が打ち上がった。

ロシュディ王子のお子様が誕生したのだ。

その花火の音を聞いて、また頭痛に悩まされた。

そういえば、乙女ゲームのエンディングがどのようなものか思い出せなかった。

でも花火の音を聞くと、断片的に悲しいシーンが思い浮かぶ。

悪役王女が国民から嫌われているところや、悪魔のように恐ろしい顔をしていたこと。

もし本当に私がゲームの世界に入っていたとしたら、今日生まれたのは、女の子のはずだ。

ぼんやりと窓を眺めていたら、シスターが入ってきた。

「女の子が誕生したそうですよ」

拍手に包まれる。

やっぱり、女の子だったのね。

自分が転生したことが現実味を帯びる。

名前は、マルティーヌだったはず。

攻略対象と仲よくなってくると、必ず邪魔をしてくるのだ。

でも、どんな結末だったか、やっぱり思い出せない。

それから間もなくして名前が発表されたが、やはりマルティーヌだった。

マルティーヌ様が生まれて、すぐに母親が亡くなった。

不幸は立て続けに起きる。

残念なことに国王陛下も病《やまい》で他界し、第一王子だったロシュディ様が弱冠二十歳にして、若き国王陛下となった。

ヤバイ……。

やっぱり、ゲームのシナリオ通りにこの世界が動いているじゃん……。

◆

それからまた時間が経過し、私は十七歳になっていた。

十八歳になったら、ここを出て行かなければならない。

もし、暮らせる場所や働けるところが見つかったら、早めに退所することも可能だが、今のところなーんにも決まっていない。

ここでの生活は案外居心地がよかった。

周りにいる子供はかわいいし、身なりも綺麗にしてもらえた。

出ていくのはちょっと寂しいなと思いつつ、将来を心配する日々。

スーパー家政婦として生きてきた日本人の記憶があれば、きっと役に立てることがあるはず……！

と、前向きに考えていたが、社会に出たことがない私が生きて行ける場所はあるのだろうか。

今日は、国王陛下となったロシュディ陛下がここを訪れている。

悲しみを乗り越えた彼は貫禄《かんろく》がつき、やさしさも兼ね備えた素敵な男性になっていた。

いつものように私に声をかけてくれる。

「ジュリー。きみはもうすぐここを出て行かなければならないが、将来の夢はあるのか？」

「夢でございますか……？」

将来の夢を私なんかが持ってもいいと思っていなかったから、考えたことがなかった。

頭が真っ白になったけれど、好きなことといえばやっぱりこれだ。

「掃除、洗濯、料理ができるお仕事がしたいです！」

満面の笑みで答えた。

「ほう。それはなぜ？」

「依頼主の笑顔が見たいからです。できれば、お子様の子守とかもやってみたいです」

「ジュリーは素晴らしい考えを持っている」

「お褒めくださり光栄です」

胸に手を当てて頭を下げた。

「俺から王宮の職員として働けるように話をつけておこうか？」

「よろしいのですか？　ありがとうございます！」

まさかの展開に私は感激の気持ちでいっぱいだった。

孤児院のみなさんは「いつも祈りを捧げていたからですね」と言って喜んでくれている。

それから、あっという間に話がまとまり、孤児院を出たのだった。

第一章

十七歳の四月から、トッチェル王国の王宮で働きはじめて一ヶ月。

メイドになって、まず任されたのは掃除だった。

使われていない汚い部屋をピッカピカに磨きあげた。汚れていれば汚れているほどテンションが上がる。

楽しく仕事をする毎日だったが、孤児院にいた私は国王陛下から同情で抜擢《ばってき》されたと、噂を流されていた。

先輩からは冷たくされて仕事もほとんど教えてもらえない。

こんなところで負けるわけにはいかない！

今こそ転生した経験を活かさなきゃねっ。

スーパー家政婦だった前世の記憶をフル回転。

「ジュリー、掃除してほしいのだけど」

「よろこんで」

メイド長から与えられたのは、誰も使っていない倉庫を掃除するというミッションだ。

部屋の中が埃っぽくて、古くなった家具や使い古された靴や服が散乱している。

ボロボロになった本や破れかけている箱。

こんなに汚い部屋を見ると、やる気がたまらなくアップする！

まずは完全に使えないものを捨てさせてもらい、手を加えれば使えるものは残しておく。

ボロボロになった箱にはボロボロになった布をくっつけてリメイクしてみた。すると、かわいらしい箱が何個も出来上がった。

その中にまだ読めそうな本やまた今度リメイクに使えそうな布を収納した。

床をピカピカに磨いて、余っていた布をつなぎ合わせてカーテンを作った。真っ黒になっている窓を丁寧に拭いて完成したカーテンをつけてみる。

「うん、いい感じ」

カーテンがつけられた窓を開けると、爽やかな風が入り込んでくる。

これだけ綺麗になったら、人が暮らせそうだ。

ガチャ――。

ドアが開く音がした。慌てて振り返るとメイド長が立っていた。

「なんですか、これは！」

大きな声を上げられた。

怒られるのかと思って肩をすくめる。

掃除って言われたのに、やりすぎたかな。

「こんなに完璧に仕事をこなすなんて……あなたは何者なの？」

前世の記憶があります。

なんて言ったら変な人だと思われるのでにっこりと笑った。

「お掃除やお洗濯が大好きなんです！」

「そうだったのね。まだ若いし、本当のことを言うと期待をしていなかったのよ」

「なんでもやらせていただきますので、なんなりとお申し付けください」

メイド長は顔にスポットライトがあたったかのように明るい表情になった。そしてしっかりと頷いて私に手を差し出してくれる。

「よろしく頼んだわよ」

「はい！」

ということで私は、即戦力として受け入れてもらえた。

そのおかげで先輩からの嫌がらせも減り、どちらかというと輪の中心にいつも置いてもらえるようになった。

もっとたくさんの仕事に励《はげ》みたい。

私は王宮内の使用人が生活する館に住んでいる。

二人か四人部屋が多く、私は二人部屋だ。

私のルームメイトはメロという王宮に代々務めている家の出で、私より一つ上の女性である。

メイドとして経験を積んでから、王族のお世話をする約束になっているらしい。

羨ましいと言ったら、本人はあまり責任を持つことをしたくないと嘆《なげ》いていたけどね。

メイドの中には家族がいて通いの人もいるけど、使用人の館には数え切れない人数が居住している。

食事は大きな食堂で集まって食べる。

想像を絶するほどの人数が働いているので、全員分を一度に用意することはできない。

グループごとに料理を作っているのだ。

だいたい一つのグループは十人の構成で、私のグループは、すずらんグループだ。

なぜか花の名前がついていて、日本にいたときの幼い頃の幼稚園に通っていた日々を思い出す。

料理係になりたい。家政婦だった頃の経験をもっと活かしたい。

そこで私は料理も大好きだと伝えると、メイド長がこう言った。

「私たちは自分たちで当番を決めて料理を作ってるのよ。特に料理が上手な人が担当しているんだけど、ジュリーの腕前を見せてもらおうかしら」

「よろこんで！」

さっそく、料理をさせてもらうことになった。

日本人だった頃の記憶をフル回転！

食材を用意するのではなく、あるものから作る料理を考えるのが大好きだ。

醤油が使えないのはちょっと大変かも？

でもこちらの国の人たちが好みそうな味付けを私はすでにマスターしている。頭の中で考えながら数品作った。

ミネストローネのようなトマトベースのスープ。

簡単に作れるふわふわのパンケーキ。

シンプルな卵焼き。

久しぶりにキッチンに立つと楽しくてたまらない。

「手際《てぎわ》がとてもいいですね」

褒められた。

口に合えば、嬉しいなぁ。料理には自信があるが、若干緊張する。

メイド長と数人のメイドが試食をした。

「わぁ！　こんなに美味しいものを食べたことはないわ」

「どうして同じ材料を使っているのにこんなにもいい出汁《だし》が出るの？」

「この黄色い卵の塊はなに？」

こちらの国では卵といえばスクランブルエッグが主流だ。卵焼きを作ったことでかなり驚かれた。

「合格よ！　ぜひメンバーに加わって一緒に料理を作ってもらえる？」

「もちろんです！」

それからというもの、料理の担当員にもしてもらえて、週に一度、職員たちの食事を作っている。

その噂は広がっていて、国王陛下も食べてみたいとおっしゃるほどだ。

両親を失って悲しかったけれど、大好きな仕事ができて嬉しくてたまらない。

毎日、楽しい！　充実！

だけど、子供と触れ合うことがほとんどないので、ちょっと寂しい。

職員の子供にたまに会ったり、街に出かけたときにたまたま遭遇する子供たちと遊ばせてもらったり。そんな感じで心の癒《いや》しを補給する。

仕事をするようになり、あっという間に時間が流れるから、過去のことは考えなかったし、ここが乙女ゲームの世界だということも忘れていた。

◆

休憩時間になり庭で日なたぼっこをしていた。

今日はなぜか無性に前世のことを考えてしまう。

本当に私は異世界転生したのかな？

私はいまだに前世でプレイしていた乙女ゲームの結末を思い出せない。

あぁ……また頭痛がする。

怪我をしてここに運ばれてきたとき十六歳だった王子様は、二十三歳になっていた。

ゲームのシナリオの通り奥様と父親を失い、悲しみに暮れていたが、毅然《きぜん》とした態度で公務を行なっているようだ。

まだ若いので、再婚してほしいとの国民の願いが強いらしい。

跡取りとして男の子を作る必要もある。

王族もいろいろと大変そうだ。

私も国民の一人として、彼が素敵な縁に恵まれればいいなと密《ひそ》かに思っていた。

第一王女のマルティーヌ様は現在、三歳。

ここが本当に前世プレイしていたゲームの世界だとしたら、マルティーヌ様は間違いなく悪役だ。

かなり遠くのほうで遊んでいるのを見たことがあるけれど、近くでお目にかかったことはない。

王族の周りでの仕事は、選ばれた人しかできないそうだ。

自分にもいつかチャンスがあったらなぁと思うけれど……。

そんな甘い夢は見ないほうがいい。

掃除、洗濯、料理ができるだけまだ幸福だと思うことにしよう。

マルティーヌ様は、離れているところから姿を拝見してもキラキラと輝いていた。さすが王族だ。

生まれながらにして生きる世界が違うと感じる。

ただ、噂でしか聞いたことはないけれど、マルティーヌ様はとにかくやんちゃで言うことを聞かない大変なお子様に育っているらしい。

……悪役王女様まっしぐらじゃん。

そんなことを思っていると……。

コロコロコロと、ボールが転がってきて私の足にぶつかって止まった。

なんだろうと私は、両手でボールを拾う。

そして遊んでいた主の元に戻そうと、周りをキョロキョロとした。

「キャハハハ！」

子供の笑い声が聞こえてきて視線を動かす。

背中まであるふわふわとしたピンクブロンドヘアが走っているせいで舞い上がる。

肌の色がマシュマロみたいに白くて、目がとても大きくて、小さな唇の血色がよく、ほんのりピンクだ。

信じられないほど、かわいらしい女の子が走ってきて、一瞬で目を奪われてしまった。

彼女は、第一王女マルティーヌ様だ！

いきなりこんな至近距離で会い、心臓がドドドドッと激しく鼓動を打つ。

「マルティーヌ様！　お待ちください」

乳母がヘトヘトになりながら追いかけている。

まだ幼いのに運動神経がいいのか、すばしっこく走り回って逃げていた。

手を伸ばせば届きそうだ。しかし私が勝手に手を出してはいけない。

どうしたらいいのかわからず、ボールを持ったまま立っていると……。

「そこにいるメイドさん、捕まえてください！」

「は、はいっ！」

怪我をさせたら大問題だ。

私はボールを下に置いて両手を広げた。

「マルティーヌ様、一緒に遊びましょう」

咄嗟にそんな言葉が出てきた。

前世の家政婦時代のことを思い出したのだ。

子供とは同じ目線で遊ぶと仲よくなれると。

私の言葉に吸い込まれるように、マルティーヌ様は私の胸の中に飛び込んできた。

甘くて子供らしいかわいい香り。

ふんわりとした感触。

……あぁ、すごく懐かしい。

孤児院の子供たちもみんな元気に過ごしているかな。

思わずぼんやりとしそうになった。

……しかし、暴れて怪我をしたら困るので、あやすようにお腹の周りをこちょこちょとくすぐって楽しませる。

「アハハハッ」

「走ったら危険ですよ～」

「だって楽ちいんだもんっ。みんながわたくしのこと追いかけてきて、困った顔してるのが面白いの」

子供らしい発言に私は苦笑いをしてしまう。

やっぱり、やんちゃなようだ。

彼女はどうして悪役なんだっけ？　重要なところが思い出せないのだ。

「でも転んだら危ないですよ。私とこちょこちょして遊びましょう」

「うんっ」

お互いにくすぐりあって遊んでいるところを見て、周りにいる人は呆気《あっけ》にとられていた。

「マルティーヌ様が言うことを聞いて、大人しく遊んでいるわ……」

「あのメイド、何者なの？」

そんな声が周りから聞こえてくる。

子供が大好きなの。

前世もこうしてあやしていたんだよね。懐かしい、この感覚！

楽しそうに笑っていたマルティーヌ様が急に無表情になる。どうしたのかと首をかしげた。

「また会えりゅ？」

「え？」

たった一瞬の出会いだったのに、こんなことを言ってくれるとは思わなかった。

マルティーヌ様は言うことを聞かなくて大変な性格だというけれど、子供には変わりない。かわいいし、これからもいっぱい遊びたい。

でも、身分が高すぎるのでこうして会話をするだけでもありえない存在である。

だから頻繁《ひんぱん》に遊ぶことなんてできないのだ。

こんなに幼い子供にどうやって説明すればいいのだろう。

「ねぇ？」

私は張りついた笑顔を向けたまま黙り込んでしまった。

そこにマルティーヌ様の乳母が近づいてくる。三十代ぐらいの女性だった。

「さあ、そろそろおやつの時間ですよ。お部屋に戻りましょう」

「うるしゃい。わたくしは、このひととお話ししてりゅの」

腰に手を当てて顎をツンとさせる。

まだ三歳なのにペラペラとよく喋るものだと感心する。

「マルティーヌ様、そのようなワガママを言ってはいけません」

少々厳しい口調で乳母が言ったが、当の本人は聞く耳を持たない。

なぜか私に興味をもって、目をキラキラさせながらこちらを見ている。

「また会えるってきいてるんだけど、こたえなしゃい！」

「……そうですね。お会いできるかもしれません」

「わたくし、あなたのこと気に入ったわ。お名前、教えなしゃい」

「……ジュリーでございます」

ジュリー、ジュリーと口の中で何度も転がして、私の名前を覚えようとしてくれているようだった。

「まだ遊びたいわ。やくそくして！」

そう言って私にしがみついてくる。

子供と触れ合ったのは久しぶりなので胸がときめく。

どんなにワガママな子供でも、愛《いと》おしくて仕方がないのだ。

また遊ぼうと約束したいが、守れない約束はしないほうがいい。傷つけることになってしまう。

近くにいた乳母が眉間に深くシワを寄せて困った表情を浮かべる。

「マルティーヌ様、お時間です」

乳母が少々強引に引き剥がしマルティーヌ様を抱き上げた。

「イヤ！　イヤ！」

手足をジタバタ動かして暴れている。

そんな無理やり引き離したら逆効果なのに。

マルティーヌ様は連れていかれてしまった。

いなくなった方向をぼんやりと見つめていると、メイド仲間が近づいてくる。

「暴れん坊で大変なマルティーヌ様を手懐《てなづ》けるなんてすごいわね」

「あの王女様のワガママっぷりは手に負えないみたいよ」

私はにっこりと微笑んだ。

「子供が大好きなんです。いつかは子供に接するお仕事もしてみたいなと思ってます」

「家事ができて子供も好きなんて、きっといい奥さんになるわね」

「どうでしょうか……」

苦笑いを浮かべて首をかしげた。

メイドたちはそれぞれの持ち場に戻っていく。

嵐のような時間が過ぎ去ってまた穏やかな空気が流れた。

すごくエネルギッシュな子だったなぁと思いながら、休憩が終わった。

そして、また仕事に戻ることにした。


一日の仕事が終わった。

今日もいっぱい働いた～。お疲れ、自分！

館についた私は、厨房へと向かった。

今日は私が調理担当なのだ！

朝から楽しみだった。

同じような材料でたくさんの品数を作る。これが私のこだわり。

今日は人参やじゃがいもが手に入った。

まずは人参とじゃがいも、鶏肉を使ったブイヨンスープ。

人参をオリーブオイルで炒《いた》めて、ブラックペッパーで味付けをしたシンプルな炒め物。

定番のポテトサラダ。

こちらの世界ではマヨネーズを混ぜて作るのは斬新だったらしく、みなさんの大好物となった。

あとは、じゃがいものコロッケ。

人参をすりおろして生地に混ぜ込んだキャロットホットケーキ。

どんどん料理ができていくので、厨房にいるスタッフが感心した目で見ていた。

「本当に楽しそうに料理するわね」

「決められた時間でたくさんの料理を作るのが私の仕事なので！」

思わずスーパー家政婦だった頃のテンションで答えてしまった。

「あら、まぁ！　料理人になったほうがいいんじゃないの？」

「そうですねぇ。料理も好きなんですけど、掃除や洗濯も好きなんです。あと、子供のお世話をするのも大好きなんです」

「子供のお世話はないけど……今がいいってことね」

「はい！」

料理もできるし洗濯もできるし、掃除もできる。

前世を思い出すという特殊な人生だけど、充分に楽しく過ごせていた。

ただ一つ、やっぱり子供のお世話がしたい。

子供ってかわいくてたまらないいんだよね。

結婚して子供ができたらその夢が叶うかもしれないけれど……。

結婚というものに前向きになれない。

それは両親を失った悲しみが癒えていないからだ。

結婚して、もし家族が先に死んでしまったら。

そう考えるだけで胸が苦しくなって、誰かと家族になるのが怖かった。喪失感っていうのかな。この悲しみはなかなか消えないだろう。

こんなトラウマがあるから、なかなか結婚はできないかも。

そうであれば、もう少し、子供に関わる仕事ができればいいな。

完成した料理を職員の食卓に運ぶ。

食事を運び終わると、グループのメンバーが瞳を輝かせている。

「今日はジュリーが作ってくれたのよね？」

「そうですよ」

「わぁ、美味しそう！」

神に祈りを捧げてから食べはじめる。

大きな皿に盛られた料理が次々と無くなっていく。

一日働いて頑張ったみなさんは、食欲旺盛だ。

「どうしてこんなに美味しいものが作れるの？」

「天才ね！」

あまりにも美味しそうに食べているので、他のグループのメンバーも羨ましそうに指をくわえて見ていた。

機会があればもっとたくさんの人に食べてほしい。

私の作った料理を満足そうに食べてくれる表情を見ていると、喜びが湧き上がってくる。

また次も美味しいご飯を作りたいと意気込んだ。


次の日になり、今日は庭の掃除をしていた。

五月になり庭園の花が咲いていてとっても綺麗！

青空が広がりとても気持ちのいい朝だ。

腕を伸ばして新鮮な空気を吸っていると……。

「いーやーだーーーーーーーーーー！　ぎゃあああああああああああ！」

清々しい気持ちで過ごしていたのに、ぶち壊す奇声が聞こえてきた。

それは、マルティーヌ様のものだった。

気になったが、仕事をしなければいけないので早速しゃがんだ。

まずは雑草抜きをしよう。庭の手入れは庭師が行《おこな》っているが、簡単なことは私たちもやることになっている。

「ジュリーと遊ぶのぉ！」

え？

名前を呼ばれた気がしたけれど、空耳だと思いつつ雑草を抜く。

まさかあんなに身分の高いお子様が私の名前を覚えていて、一緒に遊びたいなんて言うはずがない。

そう、空耳だ。空耳……空耳……。

マルティーヌ様と一緒に遊びたくて聞こえている幻聴だよね。

「いけません！」

「遊ぶったら、あーーーそーーーぶーーーーーーー！」

声がだんだんと近づいてきた。

するとマルティーヌ様付きの侍女が真っ先に私を見つけて駆け寄る。

「身を隠して！」

「え？　なんでですか？」

「いいから早く隠れて」

言われた通りに私は木の陰に隠れた。

すぐにサクサクと草を踏む小さな足音が聞こえてきた。おそらく、マルティーヌ様が至近距離にいるのだろう。

会いたいけど、ここは我慢……。

「あれ……いない！　この前はここら辺にいたのに」

残念そうなマルティーヌ様の声が聞こえてくる。

……気のせいじゃなかった。

私と遊びたいと言ってくれているなんて……胸キュンだ。

姿を見せたい気持ちをグッとこらえつつ、息を潜める。

「さぁ、マルティーヌ様、読書のお時間です」

乳母が諭《さと》すように言う。

「……ジュリーと一緒じゃなきゃ嫌ぁ！」

なんてかわいいことを言うのだろう。

ここから飛び出して抱きしめたくなる。

思わず木の陰から出てしまいそうになる私。

一緒に隠れていた侍女が私の服を『行くな』と無言の圧力で引っ張る。

乳母が大きなため息をつく。

「マルティーヌ様はこの国の王女様なのです。身分の低い人とは遊んではいけません」

なるほど、そういう理由ですか。

だから姿を見せたらいけないのだと理解した。

差別されているような気持ちになったけど、この中世ヨーロッパのような世界で、しかも相手は王族なのだから仕方がない。

これがこの世界でのあたりまえの考え方なのである。

前世の記憶がある私にはどうしても違和感があるけれど、異論を唱える者はいなかった。

郷《ごう》に入っては郷に従え……みたいなやつだ。

たしかに私は身分が低い。両親を失ってしまってから、身よりもないので身分を剥奪されてしまった。ただのメイドでしかない。

「……いじわりゅっ！　ヨゼファニのバーカ！」

「そんな言葉遣いをどこで覚えたんですか？　使ってはいけませんよ」

「うるしゃいっ」

「もうお時間です」

乳母はマルティーヌ様を抱き上げて連れ去っていく。

「いーーーーーーーやーーーーーーーだぁああああああああああああ」

全力で叫んでいる声を聞くと胸が切なくなった。

いなくなったのを確認して私たちは木の陰から出てきた。

「理由はわかったでしょ？　身分の低い人間は王族と関わることすら許されないのですよ」

納得した私は頷いた。

「理解はしてます。かわいらしいので一緒に遊びたかったんですが、許されないことなんですよね。切ないですが……」

「えぇっ？」

かなり驚いた表情をされた。おかしな発言をしたかな？

「たしかに容姿は可憐《かれん》だけど、あのワガママっぷり、私なら耐えられないわ。なぜあんなに激しい性格になったのかしら」

マルティーヌ様を悪く言う姿を見て、逆に私は呆れてしまった。

「どんなお子様も愛情を持って接したら必ず心を開いてくれると思うんです」

たしかに一筋縄でいかないこともたくさんあると思うけど、大事なのは愛だ！

ラブ！

こちらが感じている感情を子供は敏感に読み取っている。こちらが考えているよりもずっと。

「それは綺麗事。乳母のヨゼファニさんも思い詰めて、夜も眠れないっていう噂なのよ」

それなら私がお世話係になれたらいいのに。

……なんて身分の低い私が冗談でも言ってはいけない言葉だ。

「そうですか」

「王女らしく成長してほしいわね」

とりあえず話を合わせるために、私は相槌を打った。

またいつかチャンスがあって、一緒に遊べる日が来たらいいな。


それから数日後、私は突然メイド長に呼び出された。

仕事が早く丁寧とのことで、異例中の異例！

王族が暮らす部屋の掃除を任されたのだ。

欠員が出たとのことで、私の名前が上がったみたい。

さすがに国王陛下の部屋は入室させてもらえないけど、マルティーヌ様の部屋を担当することになった。

本人はダンスレッスンがあるので、不在だ。

主がいるときに掃除は入らないことになっている。だから基本的には、会うことはない。

私は緊張しながら掃除道具を持って入室した。

ものすごく広くてかわいらしいお部屋だ。

壁は淡いピンク。天井は白で花柄があしらわれている。

日中を過ごす広いリビングルームがあり、ソファーやテーブルが置かれていた。いたるところに遊具が散乱している。

奥は寝室。薄紫色の壁で少しだけ落ち着いた雰囲気になっていた。

まだ幼いのに一人でこの広いベッドで眠っているのかな。

その奥には衣装ルームがある。

さすが第一王女の部屋だ。

ピカピカにして差し上げよう。私は気合いを入れて腕まくりをした。

彼女なりのこだわりがあるかもしれないので、本人の物は勝手に移動せず、遊具も綺麗に並べておく。

「よっし、これで完璧」

外に出ようと扉を少し開いたとき、声が聞こえてきた。

「まだお掃除中ですので、サロンで休憩なさいましょう」

「もう疲れたわ。早く眠りたいの！　ジュースなんて飲みたくないっ」

マルティーヌ様がすぐ近くにいる。姿を見せてまた興奮させてはいけないと思い、出るのを躊躇した。

「ドアを開けなしゃい！」

「では様子を見てきてもらいましょう」

誰かが扉を開いた。

私は数歩後ずさって隠れる場所を探す。

「掃除は終わったか？」

現われたのは部屋の前に立っていた護衛だった。

「はい。退出しようと思っていたところです」

「お待ちください！」

乳母の叫ぶ声が聞こえ、視線を動かすと……。

満面の笑みのマルティーヌ様がいた。

「ジュリー！」

マルティーヌ様が隙間から入り込んできてしまった。

私の姿を確認した彼女は、瞳を輝かせて私にまとわりついてくる。

抱きしめてあげたいが、掃除したばかり。汚い手では触れない。

「マルティーヌ様！　いけません。彼女は掃除していたんです。バイ菌がついていたら大変ですよ」

そんなバイ菌扱いしなくたっていいじゃない。

ちょっとだけそう思ったけどその通りだ。

子供は抵抗力もないので、特に気をつけなければならない。

「大変お待たせいたしました。掃除が終了いたしましたので失礼いたします」

ワシャワシャとかわいがりたい気持ちにフタをして、横を通り抜けようとした。

しかし、マルティーヌ様が許してくれるはずがない。

私の前に立ちはだかった。

小さな体を精一杯大きく見せようと両手を広げて通せんぼされる。

うわ、めっちゃかわいい……！

思いっきり睨みつけられる。

「どうして、わたくしと遊んでくれないにょ？」

「……っ」

言葉が出てこなかった。

「この前は、くすぐりあっていっぱい遊んだのに……」

大きな瞳に涙を浮かべて唇を震わせている。

切なくて仕方がなくなった。

「申し訳ありません。お仕事があるので失礼いたします」

後ろ髪を引かれる思いだ。

「ジュリー！　行かないで！　ぎゃあぁぁぁぁぁ！」

泣き声が聞こえてくる。

「マルティーヌ様！」

ヨゼファニが困ったような声を出していた。

なぜマルティーヌ様は、私に懐いてくれるのだろう。

子供のことが心から好きだというのが伝わっているのかもしれない。

でも、関わることは許されないのだ。

まるでロミオとジュリエットみたい。

禁断の恋をしている二人のようだなんて思いながら歩いていた。


次の日も張り切って仕事をして、昼休憩になった。

用意されていたパンをかじり、一息ついて午後からも頑張ろうと立ち上がったとき、侍女長から声をかけられた。

「ジュリーさんですね」

「は、はい」

彼女は王族付きの侍女たちをまとめている人物だ。

はっきり言って私には関係ない人である。

その人がなぜ声をかけてきたのだろうと首を傾げた。

「お話があります。来てもらえますか？」

「……は、はい」

ドキドキする。緊張で指先が冷たい。

なにか失敗したかと頭の中で考える。

もしかして、マルティーヌ様の部屋を掃除した際、動かしてはいけないものを動かしたとか。

部屋に到着してテーブルを挟んで向かい合って座る。

重苦しい空気が流れているのは気のせいだろうか。

真剣な眼差しを向けられた。

ゴクリと唾を飲む。

「驚かないで聞いてくださいね」

「はい」

「実は、マルティーヌ第一王女の乳母ヨゼファニは、体調不良のため退職することになりました」

「そうなんですね」

「正直に申し上げますと、マルティーヌ様の自由奔放さにお手上げ状態で、ヨゼファニは心を病《や》んでしまったのです」

侍女長は困惑したように眉根を寄せた。

「そこでマルティーヌ様の専属のお世話係を新たに募集することになったのですが、声をかけても引き受けてくれる人がいませんでした。そこでジュリーさんが推薦されたのです」

「わ、私がですか？」

予想外の話しすぎて開いた口が塞がらない。

「マルティーヌ様にたまたま出くわしたときに、上手くあやしていたと聞いております。子供に対する接し方が素晴らしかったと」

そんなこともあったけど……。

「そしてなによりもマルティーヌ様がジュリーさんに会いたがって仕方がないようです」

突然のことだったのでまだ頭の中が混乱している。

「王族の乳母は代々決まった家の出身者に受け継がれてきたのですが……。今回ばかりは耐えられなかったようです。お世話をするとなると、ある程度の身分がなければいけません。ジュリーさんは元伯爵令嬢でしたので、その点で国王陛下もご理解をいただけたのでしょう」

もうすでに国王陛下の許可があるという話しぶりだ。

嬉しいような複雑な気持ちである。

「国王陛下にもお許しをいただいているのでしょうか？」

「もちろんです」

「そうですか……。ありがたいお話ではありますが……。でも、私が……国にとっても大切な、第一王女のお世話をさせてもらってもよろしいのでしょうか？」

「ぜひお願いしたいです。かなり大変かもしれませんがどうですか？」

子供に関係する仕事をしたかった。

素直に嬉しい。

一瞬だけ戯《たわむ》れたことがあった。そのときは嫌な感情なんて湧き上がって来なかった。

でも、乳母が病気になってやめてしまうほど大変なのだ。

しかも他にお世話をしたいという人がいないらしい。

あまりにもワガママだったら、さすがに手に負えないかもしれない。

それに、国の大切な大切な王女様をお世話しても大丈夫なのか不安になってくる。

ただ、私に懐いてくれているマルティーヌ様と毎日のように会えるのは素直に嬉しい。

しかし、責任が重大すぎると恐怖心が湧き上がってきた。

「少しだけ考えさせてもらえないでしょうか」

「そうですね。突然言われても困りますよね。わかりました。三日間だけ時間をあげますのでよく考えてみてください」

猶予をもらい私は真剣に考えることにした。

第二章

あっという間に期限が来てしまった。

私は、あれから、悩みに悩んだ。

引き受けたい気持ちと、自分には務まらないという思いとが複雑に絡み合っていた。

しかも、悪役になる未来があるお子様なのだ。

どうなるかわからないけれど、前世の記憶を活かして精一杯お世話をさせてもらおう。

でも、プレッシャーは半端ない。

ヨゼファニが心を病んで退職するくらいなのだから、大変なことであると予測できる。

しかし！

マルティーヌ様の専属のお世話係になることに決めた。

決めたことは最後までやり抜く。

侍女長に了承の返事をすると心から喜んでくれた。両手を取って強く握り『どうぞよろしくお願いします』と言われたのだった。

同時に同じ部屋のメロも一緒に配属されることになった。

彼女はあまり喜んでいなかったけど。


今日から、お世話係の引き継ぎを行う。

「本当にもうお手上げなんです……。朝起きたら頭が痛くなってお腹が痛くなってお手洗いから出て来れなくなってしまいまして……情けないのですが……」

ヨゼファニは疲れきった表情で私に訴えかけてきた。

「悪いことばっかりするんですよ。どうしてなんでしょうか。言うことをぜんぜん聞いてくれません」

「子供はそういうものではないでしょうか？」

ヨゼファニは机をドンッと叩いて立ち上がった。

「桁外れにワガママに育ってしまったんです！　……あぁ。私が悪かったのかもしれませんが……」

頭を抱えてまたよろよろと力なく椅子に腰をかけた。

「……そうだったんですね」

「マルティーヌ様がお生まれになったときから私が面倒を見させていただいていたのですが……。どこで道を踏み間違えてしまったのでしょう……」

怒ったり落ち込んだり感情の起伏が激しい。

相当、やられてしまっているのかも。

「ワガママって、たとえばどんなことがあったんですか？」

「ワガママというか……。悪い子に育っているのです」

「悪い子ですか……？」

「ええ。お散歩に行ったときに木の枝を拾ってきて、それでメイドを叩くとか。綺麗に咲いている花を見つけたら花びらを一枚ずつ引っこ抜くとか。廊下を歩いている使用人を見つけたら足首に捕まって歩けなくしてしまって……数え切れません」

「それは大変でしたね……」

いたずらをしたいのは子供の成長の一環でもあると思うが、第一王女ということで厳しく叱る人もいなかったのかもしれない。

そのうちに悪いことをするのがデフォルトになってしまったというのか。

「しかし、もうすぐ退職できる！　私の新しい人生が待っています。過去のことは忘れて元気に生きていきたいですね」

ヨゼファニは、解放されたような表情をしてすっきりしている。

「ジュリーさんも体調を崩されませんように」

「ありがとうございます」

引き受けてしまったので後戻りすることができないが、不安になってくる。

でも愛情を込めて一生懸命お世話させていただこうと改めて誓った。


次の日。

髪を後ろで一つに束ねて、私は部屋を出た。

本日から三日間、ヨゼファニに同行して一日の流れを教えてもらう。

六時半に扉の前で、私とヨゼファニが落ち合う。

「おはようございます。よろしくお願いいします」

「よろしくお願いいします」

彼女はあと数日間だからと、重い気持ちを奮《ふる》い立たせ、最後に気合いを入れているようだった。

「マルティーヌ様は、まだお眠りになっております。まずは起きて顔を洗って歯を磨いていただき、ドレスに着替えさせてから髪の毛を結い上げます」

「はい」

「一時間以内に終わらせてください。七時半には食事が運ばれてきますので」

「わかりました」

基本的な朝の流れだ。これは難なくクリアできそうだと思って、部屋に入ることにした。

眠っているマルティーヌ様は、さぞかしかわいらしいのだろうと期待に胸が膨らむ。

寝室に入ると、掛け布団が床に落ちていて、ベッドはもぬけの殻《から》だった。

「えっ？」

いったい、どこに行ってしまったのだろう。

焦る私とは対照的にヨゼファニは落ち着いている。

部屋の中にあるクローゼットを開けた。

「おはようございます」

「すぐに見つかっちゃったわねっ」

「さぁ、準備なさいませ」

毎朝どこかに隠れているという。

見つからないときは、その後の準備が大変なのだとか。

「あら、ジュリー！」

「本日からお世話になりますジュリーと申します。どうぞよろしくお願いいたします」

「会いたかったわ！　さぁ遊びましょ」

私の姿を見たマルティーヌ様は、思いっきり走ってきて抱きついてきた。

キラッキラな瞳を向けて私を見つめる姿はとても愛らしいのだけど、ついつい笑顔がひきつってしまう。

「マルティーヌ様。まだ遊ぶ時間ではありません。まずは身支度しなければ」

ヨゼファニが注意をすると……。

「うるしゃい！」

目を吊り上げて怒るマルティーヌ様。小さいのに迫力がある。

そして、キャッキャ騒ぎながら寝室内を走り出す。

朝からものすごく元気だ。これは大変そう。

「お待ちください！」

ヨゼファニは朝から走らされる。ドタバタと走り回る足音が響く。

「うわぁ」

「ハァハァ、やっと捕まえましたよ」

走り回る王女を捕まえたヨゼファニの額には汗が滲《にじ》んでいた。

洗顔と歯を磨くのも一苦労。

マルティーヌ様は、じっとしていられない。

子供だからある程度は仕方がないのかもしれないけど、ちょっと落ち着きがないなぁ。

「さあ、お着替えしますよ」

「めんどうだわっ」

「そんなわけにはいきません」

着替えも素直に聞き入れてはくれず。

ほぼ押さえつけるような感じで、無理やり着替えをさせた。

今日はピンク色のフリフリとしたドレス。

ふわふわした髪の毛も一つに結んで、人形のようにキュート！

しかしマルティーヌ様は、口を尖らせて、ムスッとした表情を浮かべている。

「失礼します。朝食をお持ちいたしました」

テーブルの前に豪華な朝食が並べられていく。

ところが彼女は腕を組んで手をつけようとしない。

「朝食後、八時半から、文字のお勉強。十時からはダンスのレッスン。ランチ後は庭でお散歩タイムです。それが終わったら読書の時間。週に三回、月・水・金で、教養を身につけてもらうのと、お作法を習うために家庭教師に来てもらいます。おやつタイムがあり、その後お昼寝。目覚めた後は自由に過ごしていただき、十七時半に夕食の時間です。最後に入浴していただいて一日が終業という流れです」

「まだ四歳にもなっていないのに、かなりのハードスケジュールですね」

「ええ。第一王女ですので」

「ですよね」

小さな声で私たちは話をしていた。

マルティーヌ様は、一向に食事をする気がないらしい。

足をブランブランとさせて窓の外をぼんやりと眺めている。

食事をしてもらうためにゆっくりと近づいて、言葉をかける。

「食べたくないですか？」

「ええ」

「体調が悪いのですか？」

「ううん」

「そうですか……。では、想像してみてください。ここにある残された野菜や肉たちはどこに行くと思いますか？」

「え？」

予想外の質問だったようで、目を丸くしてこちらを見ている。

「食べ物は、人間に食べてもらいたくてうずうずしているんです。食べてもらって栄養素となって私たちの体を元気にしていくのが彼らの役目なんですよ」

「うん……」

「もし食べてもらえなかったら、ゴミになってしまいます」

「ゴミ？」

「暗くて狭いところに放り込まれてしまうのです。どうしてもお腹がいっぱいで食べられないときは無理をしなくてもいいですけど……。そういう場合は肥料《ひりょう》として植物やまた新しい野菜を育てるために役に立つので……。ですが、ゴミになってしまうのは、かわいそうなので、少し食べていただけたら嬉しいです」

私の話を聞いてなにか考えるような顔をしている。

「暗くて狭いところに行くのはかわいしょうね」

「その通りですね。無理をしない程度でいいので、食べてあげてもらえませんか？」

「わかったわ」

手にスプーンを持って人参のスープを口に運びはじめた。

乳母がその様子を見て驚いている。

「ジュリーさんは本当に素晴らしいですね。朝食はほとんど召し上がらないんですよ。それに好き嫌いがすごいんです」

「そうなんですか」

「人参・ピーマン・キャベツ・玉ねぎ・ほうれん草・レタス・トマト・白菜・水菜・かぼちゃ・ポテト……嫌いなものばかりなんです」

たしかに多い。

前世でも野菜が嫌いな子供がいて、なんとかごまかして料理に入れて食べてもらったことがある。

前世の記憶を活かせば、マルティーヌ様にも食べてもらえるかもしれない。

マルティーヌ様は、顔をしかめている。

「好きなものはなんでしょうか？」

「パンとかは好きみたいですね」

「なるほど。小麦は大丈夫なんですね」

好きなものばかり食べていたら栄養バランスが取れないので、もっといろんな食べ物を好きになってもらいたい。大事な成長期なのだ。

「もう食べられぇないわ」

とはいえ、全体の四分の一には手をつけてくれた。これでもすごいことらしい。

「いっぱい食べてくださりありがとうございます」

「お野菜やお肉は喜んでくれぇたかしら？」

「喜んでくれていますよ」

にっこりと笑ったマルティーヌ様の笑顔はとてもかわいらしかった。

食事が終わると文字の勉強。

すぐにダンスの講師がやってきてレッスン。

ランチタイムもあまり食べないで、お散歩タイムは楽しそうに歩いていた。

いたずらをしようと考えているような表情をしていて、ちょっと心配になる。

おやつタイムでは残さず食べて、お昼寝をする。

夕ご飯もあまり食べず、入浴はドレスを脱がすだけでも苦労し、体を洗うのはかなり時間がかかった。

そして部屋に戻ってきてベッドに入ってもらう。

「ジュリーおやしゅみ」

「おやすみなさいませ」

頭を下げてから、退出をする。

一日の忙しいスケジュールが終わり、ヘトヘトだ。

かわいかったけど、想像以上だった。

ヨゼファニと歩きながら侍女棟に向かう。

「ジュリーさんのおかげで、仕事が早く終わりました。思いつかないような悪いことをしたり言ったりするかもしれませんが、今後ともよろしくお願いします」

「わかりました。マルティーヌ様がすくすく成長していかれるよう私も頑張ります」

館に戻ってくると緊張もしていたので一気に疲れが出てきた。

入浴を終え自分の部屋に戻り横になる。

私はマルティーヌ様のことが気になって仕方がなかった。

私が前世の記憶を思い出したとき、日本人だった頃にやっていた乙女ゲームの世界に転生したとわかった。

瞳を閉じるとゲームをしていたときの画面が見える。

プレイしているだけで、いつも胸がキュンキュンしていた。

進めていくとハッピーエンドとバッドエンドがあって……。

最後にエンドロールが流れるのだ。

そして最後に、おまけ画面が出てくる。

(お、思い出したわ！)

バッドエンドになったとき、王女が主人公を殺してしまうという結末だった。

ハッピーエンドでは、王女は国民に嫌われて自殺する運命を辿る。

私が今暮らしている世界が、本当にあのゲームの世界だったとしたら……。

あんなにかわいらしいマルティーヌ様が悪役王女となるのだ。

そして、悲劇の人生が待っている。

このまま成長していけば『悪役』は、充分にありえる。

言うことを聞かないで、人を困らせてそれを楽しんで、暴力をためらわないちょっと危ない子に育っているのが見て取れた。

恐ろしくなって体が震える。

なんとかして阻止をしなければ……。

あんなにかわいいマルティーヌ様が最悪の運命をたどってしまう!
新たな重い使命をもらった気がした。
スーパー家政婦だった私は転生して、悪役王女の専属お世話係となった。

第三章

ヨゼファニの退職日。彼女は喜んでいなくなった。

出ていく後ろ姿が弾んで見えたのは気のせいだろうか？

その背中を見送って仕事に戻ろうと歩いていると……。

「ジュリーさん、ロシュディ国王陛下が執務室に来るようにとのことです」

陛下の側近に呼び止められた。

「かしこまりました」

そして、そのまま連れて行かれ、緊張しながら歩みを進める。

今まではかなり遠い存在だったのに、いきなり呼ばれるなんて、心の準備ができていない。

扉の前に到着すると、がっちりと武装した護衛が立っていた。

許可を得てから中に入ると長い廊下があった。

その奥に執務室があり、たくさんの本棚と大きな机が目に飛び込んでくる。

立派な椅子に腰掛けた国王陛下がこちらを見つめた。

ロシュディ・モラ・シャッファー・ム・トッチェル。

我が国の若き国王だ。

ブロンドヘアで琥珀色の瞳。美しい二重で切れ長。高い鼻と形のいい唇。

ここで働くようになってからお目にかかることはなかったが、久しぶりに間近で拝見することができた。

相変わらず麗しい容姿をしている。

メガネをかけていて一本縛りの地味な私は、とても卑小な存在な感じがした。

「お久しぶりです。ジュリーでございます」

「わざわざ足を運んでもらって申し訳ない。愛する娘の専属侍女になってくれたと話を聞いて、こちらからも挨拶をしたかったんだ」

六歳しか違わないのに、ものすごく大人な気がする。

やはり一国を担《にな》う人は、器《うつわ》が違うのだ。

「私がお世話させていただくなんて恐れ多いですが、精一杯頑張ります」

陛下は穏やかに微笑んでくれた。

「苦労をかけることもあるかもしれない。マルティーヌをどうか見捨てないでおくれ」

「もちろんです」

「ジュリーの名前があがった際、孤児院にいたときに子供たちと接している姿を思い出して適任だと思ったんだ」

期待に応えられるかわからないけれど、愛情を込めてお世話させてもらいたい。

「困ったことがあったら声をかけてくれ。なるべく都合を合わせて話を聞きたいとも思っている」

「ありがとうございます。マルティーヌ様と楽しく過ごさせていただきます」

「あぁ。よろしく」

◆

「おはようございます！」

寝室に入ると、まずどこに隠れているのか見つけるところからはじめる。

大体はクローゼットの中か、カーテンの影に隠れているかだ。

日課になりつつあるかくれんぼを楽しみながら、顔と歯を磨いて、着替えさせる。

ここまでは、まあまあスムーズにできるようになった。

ところがやはり食事は苦手なようだ。

「ごめんなしゃい。お野菜さん、今日も暗いゴミ箱にしゅっててごめんね」

一流のシェフが作っているはずだけど、どうしても口に合わないのかもしれない。

朝食をほとんど食べないまま文字の勉強になった。

部屋に女性の教師がやってくる。

「それでは今日は、動物の名前を文字で書く練習をしていきましょう」

「はぁーい」

気乗りしない返事をする。

勉強しているときは、私は席を外すことが多い。

呼ばれたらすぐに飛んでいけるよう、隣の部屋で待機をしている。

その間は、縫い物をして待つことが多い。

「きゃあああぁ」

叫び声が聞こえてきた。

なにかあったのかと急いで部屋に入ると、教師があたふたしている。

なんとマルティーヌ様が彼女のメガネを踏みつけていたのだ。

メガネはグシャグシャで無惨な姿だ。

「どうしたんですかっ？」

「メガネを奪われてしまったんです」

教師は困り果てた表情。

「キャハハハッ。見えなくて困っていりゅわ」

一方のマルティーヌ様は、いたずらっ子を越えて悪魔のような顔をしていた。しかも、手を叩いて笑っている。

「返してください！」

レンズがひび割れているので、このまま返されてもろくに見えないだろう。

「申し訳ありません」

私はとっさに謝った。

そしてマルティーヌ様の目の前にしゃがんで視線を合わせる。

「なぜこんなことをされたんですか？」

「楽しいからよ？　人が困っている顔を見るのがだいしゅきっ」

ニヤリと悪い笑顔を浮かべる。

マルティーヌ様は、れっきとしたいじめっ子気質だ。

これを正していかなければ、悲しい未来が待ち受けている。

だから私は必死になる。けれど、焦ってはいけない。

「人を困らせたら必ず自分が困ってしまう日が来るんですよ」

「そうなの？」

「人の嫌がることをしてはいけません」

「だって楽しいんだもーん！」

「他に楽しいことが絶対にあります」

「え！　にゃに？」

言ってしまった手前、どうしようかと私は迷ってしまった。

期待に満ちた大きな瞳で見つめられる。

「あとでゆっくりと教えて差し上げますので、まずはお勉強頑張ってください」

「申し訳ないのですが、メガネがないと教えられないので今日は帰らせてもらいます」

家庭教師が眉を下げながら言った。

「そうですよね。弁償してもらえるように聞いてみます。お帰りになるのも大変だと思うので、馬車を手配させていただきます」

私は廊下にいる他の侍女に事情を話して、様々な手配を整えてもらうように依頼をした。

そして今日はお開きになった。

「先生、またきてねー！」

「……ええ」

家庭教師はかなり引いている。顔がひきつっていた。

マルティーヌ様は、まったく悪気がないようだ。

ダンスレッスンの部屋へ移動をする。

「頑張ってください」

「うーん」

微妙な返事をしてレッスン室に入った。

ところが、マルティーヌ様は今日は集中力がまるでなかったと報告を受けた。

あっという間にランチタイムになり、マルティーヌ様はまたしかめっ面《つら》をしている。

「お野菜さん……ごめんなしゃい」

朝もほとんど口をつけていなかったので、お腹が減っているに違いない。

どうしたら食べてもらえるのだろうか。

「お野菜、どうして食べないのですか？」

「美味しくないの。変な味がしゅる」

私は頭を捻らせていた。

朝も昼も食べないで、おやつタイムに勢いよく口の中に入れて喉を詰まらせそうになるときがある。

それだと心配なので、やはりちゃんと食事を食べてもらいたい。

そこで私は思いついた。

人参を使ったお菓子を作ってあげたらどうだろう。

お散歩タイムは他の人に付き添いをお願いし、私はマルティーヌ様の食事を作っているシェフのところへ行った。

国内でも腕がいいと言われているシェフは、白い長い帽子をかぶっている。

恰幅《かっぷく》のいい中年男性だ。

「お願いします。マルティーヌ様のおやつを一度作らせていただけないでしょうか」

「はぁ？　素人のお前がマルティーヌ様のおやつを作りたいだと？」

思いっきり睨みつけられる。

心の中では『あなたがもっと工夫してくれたら、食べてもらえるかもしれないのに』と思っているけど、それを抑えて真剣な眼差しを向けた。

「お料理が大好きなんです。大切な大切なマルティーヌ様に手作りのお菓子を食べていただきたいと思って」

「うーん」

納得できないというように腕を組んで、首をなかなか縦には振ってくれない。

国王陛下にお願いして許可を取るほうが早いかも。

でも、いつも作ってくれているシェフのことを考えたら、そのシェフを飛び越えてお願いするのは申し訳ない気がした。

「どうかお願いできませんか」

なんとか食べてもらいたいという一心から真剣にお願いをする。

「仕方がない。そんなに言うなら、まずは試しになにか作ってくれ。俺が試食して認めたら食べてもらってもいいことにしよう」

「ありがとうございます！」

まだお散歩タイムが終わるまでに時間があったので、早速、調理場を借りて作ることにした。

貯蔵庫にある材料を見てみると、人参とさつまいもがあった。

「こちらを使わせてもらってもいいですか？」

「かまわないが、マルティーヌ様は人参が大嫌いだ」

「そうなんですよね。なんとか食べていただきたいなと思って。試しに作ってみます」

ベーキングパウダーがないので、あるものでソフトクッキーを作ることにした。

まずは人参の皮をむきすりおろす。

「人参をすりおろすなんてもったいない」

「これが美味しく食べてもらうための秘策なんです」

さつまいもの皮は少し残るくらいに剥いて、綺麗に洗う。

そしてみじん切りをした。

「手際がいいな」

「ありがとうございます！」

前世がスーパー家政婦だったのでとは言えず、お礼をするだけだ。

大きな容器にすりおろした人参とさつまいもを入れて、小麦粉、砂糖、塩、バターとオイルを入れ、混ぜていく。

調理場にあるオーブンに入れて、二十分ほど焼く。

甘いいい香りが漂ってきた。

焼き色がついたら中から取り出し、ナイフで一口大にカットした。

「こちらで完成です！　人参のソフトクッキー。どうぞ召し上がってください」

調理場にはいい香りが漂っている。

「まあ、見た目は合格だが、大事なのは味だからな」

シェフはひとつつまんで匂いを嗅いでから、口の中に入れる。

咀嚼《そしゃく》するたびに鼻の下の立派な髭が動く。

彼はゆっくりと味わっているようだった。

飲み込んだ彼の瞳は、サンキャッチャーのように輝いていた。

「こんなに美味しいものを食べたことはない！」

「お口に合ってよかったです！」

「ジュリー、きみは何者だ」

異世界に転生したスーパー家政婦でーす。

とは言えず。

今は笑顔を振りまくしかない。

「ただの侍女です」

「これだと食べていただけるかもしれないな。いやぁ、参った。しかるべきところに許可を取ってみる」

「感謝します」

そばにいた召使いに連絡するよう指示をし、少し待つ。

いつ返事が来るかわからないが、シェフとしばらく雑談をしていた。

お互いに料理が好きなので話が盛り上がる。

「肉はあまり焼きすぎると固くなるからな」

「そうなんですよね。柔らかいほうが甘みを感じられますし」

「返事が来ました！」

召使いが戻ってきて、本日のおやつに出していいと許可が下りたとの報告だった。

マルティーヌ様に食べてもらえることになったのが嬉しい。

かわいく盛りつけよう！

カゴにナプキンを敷く。

そこにハートの形をしたクッキーを入れる。

日本にいた頃、こんな風に売られていたクッキーがあったことを思い出していた。

マルティーヌ様は愛らしいものが好きだから見た目も重要なのだ。

美味しいと言って喜んでくれるといいなと思いながら、部屋に運ぶことにした。


「お待たせいたしました。おやつの時間です」

テーブルにクッキーを置いた。

朝も昼もほとんど食べていないので、今にもよだれを垂らしそうな表情をしている。

「まぁ！　かわいいわ！」

「実は私が作ったクッキーなんです」

「ジュリーが作ったの？　しゅごーーーーい」

騙《だま》すようなことはしたくないが、最初から人参が入っていると言ったら食べてくれないかもしれないので、あえてその情報は伝えず頷く。

「じゃあ早速食べりゅわ」

一つ手に持って口の中に入れた。

小さな口がもぐもぐと動いている。

もしかしたら人参の味がバレてしまうかもしれないと、私はドキドキしていた。

ごくんと飲み込んだマルティーヌ様は、黙り込んで一点を見つめている。

「いかがですか？」

もしかしたら美味しくないと泣き叫ばれるかもしれない。

そうなったら泣き止むまでかなり時間がかかってしまうのだ。

マルティーヌ様は、頑固なところがあって、これだと思ったことは譲らないときがある。

「ジュリー……」

「はい」

「ジュリーって天才ね。こんなに美味しいクッキーを食べたことがないわぁぁ！　しゅごい！」

マルティーヌ様は瞳に涙を浮かべた。

「ありがとうございます。美味しいですか？」

「美味しくてたまらにゃい。頬が落ちしょうだわぁ」

そう言いながら小さな手で自分の頬をポンポンと叩いていた。

気に入ってくれてなによりだ。

こんなに喜んでくれているなら、きっと大丈夫。

野菜が入っていると伝えるならこのタイミングしかない。

緊張するがここで種明かしをする。

「実はですね、このクッキーの中には人参がたっぷり入ってるんですよ」

「人参！　う、うそでしょ？」

信じられないと言ったように、顔中の穴という穴が広がっている。

「だってわたくしは人参が大嫌いなのよ。それなのにどうしてこんなに美味しく食べられたのかにゃ」

「マルティーヌ様は人参の味が嫌いなわけじゃないと思います。本当に嫌いだったら口に入れた瞬間、吐き出すと思うんですよね」

納得したように頷いていた。

「たしかに、しょうね」

「人参は甘くてとても美味しい野菜なんですよ。調理の方法次第でいくらでも美味しく食べることができます」

「へぇ！」

その後も食べる手が止まらず、お腹いっぱいになるまでおやつを食べてくれた。

おやつだけど野菜も入っているので罪悪感が少ない。

「はぁぁぁ」

満足そうなため息をついている。

「美味しかったわぁ。また作ってね」

「承知いたしました」

「毎日作ってくれてもいいによよ？」

「専属のシェフがいらっしゃるので」

私も毎日作りたいけど、彼の手前そうともいかない。

でも人参クッキーを気に入ってくれたようで一安心だ。

お腹がいっぱいになったマルティーヌ様は眠そうに目をこすっている。

「少しお昼寝しましょうか？」

「ええ」

ソファーに腰をかけてウトウトとしはじめた。

私がその隣に座るとマルティーヌ様は甘えるように膝に頭を乗せてきた。こういう仕草が子供っぽくてすごくかわいい。

心臓が鷲掴みにされたようだ。

目がだんだんと閉じていく。

かわいい。

本当にかわいい。

こんなに愛おしい存在が悪役になんか、なっちゃダメだ。

やさしくて、誰からも愛されるような王女になってほしい。

そんな気持ちで胸がいっぱいになった。

◆

私はマルティーヌ様のために楽しい遊びを考えつつ、過ごしていた。

勉強やダンスレッスンをして大変な毎日だ。

だからこそ楽しいことをして気分転換をしてほしい。

王女なので厳しい環境で教育を受けなければならないが、子供時代をのびのびと過ごしてもらえたら、未来が少し変わるかもしれない。

なにがいいかなと考えていたら、折り紙はどうかと思いついた。

「マルティーヌ様は、かわいいものが好きだし」

紙はまだ高級品だが、少しずつ一般的にも使われるようになってきたみたい。

王宮にはたくさんの綺麗な紙がある。

それを分けてもらってからマルティーヌ様の部屋にお邪魔した。

午後の自由時間は、私と遊ぶのが日課になっている。

「ジュリー！　今日はなにして遊ぶにょ？」

私が登場すると待ち構えていたように近づき、満面の笑顔を見せてくれた。

太陽の光が当たると、彼女から光を放っているかのような美しさがある。

見ているだけだと本当に天使のようだ。

……いたずらをすると、悪魔みたいになってしまうんだけど。

「折り紙をしようと思います」

「なにそれ？」

興味津々な視線を向けてくる。

琥珀色の瞳がキラキラと輝いていた。

「紙を折っていろいろな物を作るんですよ」

「楽しそうね。たとえばどんなのがあるの？」

「作ってきたので、見てみてください」

まずは、二種類作ってきた。

ぴょんぴょん飛ぶカエルと、しっぽを引っ張るとパタパタ羽が動く鳥だ。

日本にいるときもそうだったけど、動く系の折り紙は人気があった。子供の心をくすぐるのだろう。

「カエルさんと鳥さんです」

「まぁ！　しゅごいわね」

幼い子は、折り紙が好きである。

「このカエルちゃんのお尻の辺りを押すと、ピョンと跳ねるんです。見ていてくださいね」

ピョコン。

「わぁ！　わたくしもやってみたい」

「どうぞ」

小さな指でお尻の辺りを押すと少しだけちゃんと跳ねた。

ピョン。

「すごーーーーい！」

「こうやって、紙のおもちゃで遊ぶのって楽しいですよね」

「うん！　ジュリーってやっぱり天才ね」

喜んでくれて、一安心。すごく嬉しい。

やっぱりこうして小さな子供と遊ぶのって楽しいんだよな。

次は鳥の折り紙を見せた。

「この前の辺りと、しっぽを持ってちょっと引っ張るんです」

羽がパタパタと動き出した。

私も子供の頃はこのおもちゃが大好きで、ずっと羽をパタパタと動かしていたのを思い出す。

「お空を飛んでいるみたいだわ」

「そうですね」

折り紙を手に持って部屋の中を走り回っている。

転んで怪我をしないように目を離さないで、思いっきり遊んでもらうことにした。

「鳥しゃん、パタパター！」

あまりにも楽しかったのか、息が上がるほどだ。

「走ったのでちゃんと水分を取りましょう。りんごジュースがいいですか？」

「うん！」

ちゃんと言うことを聞いて私のところに走ってきた。

そして抱きついてくる。

上目遣いで私を見てニッコリとしてくれるのだ。

かわいすぎるーーーーーーー！

感情が爆発してしまいそうになる。

抱きしめて、ほっぺをスリスリしたい。

しかし、私の子供ではない。

国の大切な王女様なのだ。切ないけれど、特別な気持ちを抱いてはいけない。

「汗もかいてしまいましたね。拭きましょう」

ベルを鳴らすと、すぐ近くにいる他の世話係が入ってくる。

「喉が渇いたようですので、りんごジュースを用意してください」

「承知しました」

その間に布でマルティーヌ様の汗を拭いて差し上げた。

すぐに飲み物が運ばれてきて、おとなしくソファーに腰をかけて飲んでいる。

「ねぇ、ジュリー」

「はい」

「他にも折り紙で作ってほちいんだけど」

「よろしいですよ。また明日のお楽しみにとっておきましょう。今度はマルティーヌ様がご自身で作られたらいかがですか?」

頭を左右に振った。

ふんわりとブロンドヘアが揺れて、甘い香りがする。

「わたくしは、そんなに上手に作れないと思うわ」

珍しく及び腰だ。

「私が一緒に作るので頑張ってみましょう」

「そうね。ジュリーが教えてくれるならできる気がしゅる」

顎をクイッと上げて自慢げにニコッと笑ってくる。

マルティーヌ様が夢中になれるものを見つけてあげることができてよかった。

「では、もうすぐ夕食の時間ですのでご準備をしますね」

「ええ」

ほんの少しずつだけど、聞き分けがよくなってきているかも。

でもその日は夜もあまり食べてくれず私は心配になる。

もっと工夫しなきゃ食べてくれないのだ。

野菜がダイレクトに入っていると気持ちが沈むのかもしれない。

シェフにそれとなく伝えておこう。

今日は他のお世話係がお風呂に入れる。

私は待機室で待ちながら、着替えなどの準備をすることにした。

「ジュリーさん、助けてー!」

数分で呼び出される。

「どうしたんですか?」

「マルティーヌ様が暴れまわっているんです」

「え?　浴室で、ですか?」

「そうなんです。滑《すべ》ったら危ないので助けてもらえませんか」

私は慌てて立ち上がった。

そして浴室に駆けつけた。

「キャハハハ！」

笑い声が響き渡る。

髪の毛が濡れていて、泡まみれになった全裸のマルティーヌ様が床を滑って遊んでいた。

怪我をさせたら危ない。

真っ青になっているお世話係が追いかけているが……。

ヌルヌルしていてなかなか捕まえられない。

「しゅべるー」

「危ないので立ち止まってください」

「いやよー。捕まえてごらんなしゃい」

マルティーヌ様は、王女様でもあるけれど、どこにでもいる普通の子供だ。

少し、ちょっぴり、いやいや……かなりおてんばかもしれない。

だからといってこのままではいつまでも終わらないし、転んで変なところに頭をぶつけてしまったら大問題だ。

私は肺に空気を思いっきり吸い込んで大きな声を出した。

「マルティーヌ様！」

しんと静まり返り、一斉に視線がこちらを向く。

「ジュリー！」

「ちゃんと泡《あわ》を流して湯船に浸かってください」

「どうして？」

私は濡れるのも構わずに、浴室へと入っていく。

そしてマルティーヌ様に近づいた。

「ここは走って遊びまわる場所ではないんです。体を綺麗にして、あたためる場所ですよ」

「でもね、ツルツルしていて楽ちいの。ほら、見て！」

「それならもっと楽しいことがあります。冬になったら雪が降ってきますよね？　その雪の上でもツルツルして遊べますよ」

「そっか……しょうなんだ！」

納得したような表情を浮かべてくれる。

「それは楽ししょうね」

「冬になるのが待ち遠しいですね。お外で遊んで部屋でホットドリンクを飲んで。そしてお風呂で体をあたためて。冬は冬で楽しいことがいっぱいありそうですよ」

やさしい笑顔を見せると、マルティーヌ様は、先ほどまでのいたずらっ子の雰囲気が消えて、穏やかになった。

「それでは流させていただきます」

すかさず、そばにいたお世話係たちが、泡を流した。

湯船に浸かってくれたのを見届けてから、私はその場を後にする。

なぜ、マルティーヌ様は人が困ることをしようとするのだろう。

その理由がわかれば、解決できるかもしれない。

まだ幼いので、完璧ないい子に育つというのは難しいと思うけど、もう少し他の人のことを考えられる気持ちを持ってもらえたら……。

私の仕事以外の時間も、ずっとマルティーヌ様のことを考えていた。


一日を終えて眠ろうとしたが、部屋のドアがノックされた。

何事かと思って起き上がり、同じ部屋のメロと目を合わせる。

「なにかしら？」

「出てみますね」

私がドアを開くと、マルティーヌ様の世話係の一人が立っていた。

「マルティーヌ様が眠ってくれず急に泣き出してしまったんです」

「えっ」

「泣き止んでくれなくて困って……助けてください」

「わかりました」

急いで着替えて、慌てて部屋に向かう。

具合が悪いのか。

到着すると、ワンワンと声を上げて泣いていた。

「マルティーヌ様、どうなさったんですか？」

「うぇーん、うぇーん」

ベッドの上で起き上がって、目をゴシゴシとこすっている。ポロポロとあふれ出す涙を布で拭ってあげた。

「どこか痛いですか？」

首を左右に振る。

気持ちが落ち着くように、背中をさすって、そばについていることしかできない。

「マルティーヌ様、絵本を読んで差し上げましょうか」

「えほん……」

「はい。いかがいたしましょうか？」

「読んで」

「承知いたしました」

部屋に何冊か置いてある本の中から、うさぎの親子が描かれたかわいらしい絵本を取り出す。

「こちらの本を持ってきましたよ」

「うん」

ページを開いて絵が見えるようにする。

うさぎの親子が、楽しそうに野原で追いかけっこして遊んでいる絵だった。

「おかあさんうさぎは、ぴょんぴょんぴょんと、たのしそうにはしりました」

気がつけば泣き止んで、興味津々に見ていてくれる。

「こうさぎも、がんばってはしります。ところが、こいしにつまずいて、ころんでしまったのです。なかないでがんばっていると、おかあさんが、いーっぱいほめてくれました」

心があたたまる話だなあと思いながら読んでいた。

おとなしくなったので眠ったかなと顔を覗いたら、ものすごく切なげな表情だったのだ。

「マルティーヌ様……？」

「どうして、わたくしにはお母さんがいないの」

まさかそんな質問をされると思わず、私はなにも言えない。

今まで周りにいた人はどんなふうに説明をしてきたのだろう。

国王陛下はまだ幼い娘に詳しく話をしていないのかも……。

「……しゃみしいよ」

そう言ってまた泣き出してしまったのだ。

幼い女の子が、広いベッドで、一人で眠っていたら寂しくて仕方がないのだろう。

胸が痛くなって私は抱きしめることしかできなかった。

だんだんと落ち着いてきて、私の胸の中で眠ってくれる。

愛おしさがこみ上げた。

本当の親になることはできないけれど、少しでも寂しさも軽減できれば……。

そんな気持ちでマルティーヌ様を抱きしめていた。


その次の日、ダンスレッスンが終わったマルティーヌ様を迎えにいく。

「お疲れ様でした」

声をかけるが元気がないように見えた。

「今日は、特に集中力がございませんでした」

ダンスの講師が眉を下げながら報告してくれる。

「そうでしたか……」

いつも落ち着きがなくて、悪いことをしようと考えているマルティーヌ様だ。

講師は頭を悩ませているに違いない。

「……ちゃんとレッスンちたわ！」

イライラしているのか、講師を睨みつけて強い口調で言い放った。

その姿はまだ三歳だというのに威厳があって、やはり第一王女なのだと感じられる。

「申し訳ありません。そういう意味で言ったわけでは……」

こんなに幼い子に対して講師が頭を深く下げた。

機嫌が悪そうにスタスタと歩いて入り口に向かう。

私は頭を下げてから、マルティーヌ様を追いかけた。

なんだか体がだるそうに見える。

もしかしたら病気かもしれない。

可能性はゼロではないので、私はマルティーヌ様に近づいた。

そして、しゃがんで様子をうかがう。

顔がほんのり赤くなっているようだ。

動いていたから体温が上がっている可能性もあるが、大丈夫だろうか。

「どこか痛いところとかありますか？」

「頭が痛い……」

「そうでしたか。遠慮しないで言ってくださって大丈夫なんですよ」

「みんな、わたくしのことを悪い子だって言うにょ」

その言葉はあまりにも切なくて、心臓に矢がズキンと突き刺さるような感じだった。

「言うこと聞かないとか。走り回って捕まえるのが大変だとか。みんな、わたくしのことが嫌いにゃのよ」

「そんなことありませんよ」

行き過ぎた行動かもしれないけれど、私は思わずマルティーヌ様を抱きしめた。

体が熱い。

「大変です。熱があるかもしれません。お医者様に診《み》てもらいましょう」

途端に周りにいたお世話係が慌て出して、帰ろうとしていたダンス講師もびっくりしているようだった。

「お医者様を呼んで来てもらえますか?」

「わかりました」

お世話係の一人が走って呼びに行ってくれた。

「私が気がつかなかったから……」

ダンス講師が近づいてきたが、今は対応している場合ではない。

今後しっかりと様子を見守っていてほしいということは、然《しか》るべき部署から伝えてもらおう。

頭を下げてから、私はマルティーヌ様を抱き、急いで部屋へと戻る。

すぐに着替えをさせてベッドに寝かせた。

苦しそうな姿を見て申し訳なくなる。

朝の時点で私が気がついていれば、ここまで悪化していなかったかもしれない。

――みんな、わたくしのことを悪い子だって言うから
……そんな悲しい思いをさせていたのか。

だから体調が悪くてもちゃんと言えなかったのかもしれない。

せめて私にだけでも、素直に気持ちを打ち明けてくれたらいいのに。

でも伝えられなかったということは、マルティーヌ様との関係が深まっていると思っていたのは自分だけだったのだろう。

そこに医者が入ってきた。

「マルティーヌ様、どこか苦しいところはありますか？」

「頭が痛いにょ」

熱を測ると高熱だった。

少し咳が出ていて顔が真っ赤だ。

「おそらく風邪をひいてしまったのでしょう」

昨日、浴室で裸で走り回っていたので体が冷えてしまったのかもしれない。

六月に入ったばかりで朝晩はまだ涼しい。

「薬草を出しておきますので飲んでいただくようにお願いします。寒気が治ったら頭を冷やしてあげてください」

「承知いたしました」

彼を見送り、マルティーヌ様を見る。

呼吸が荒くなっているので心配でたまらない。

すぐに薬草が運ばれてきて飲んでもらおうとするが、食わず嫌いの彼女が口を開いてくれないのだ。

「飲みたくないわ」

「これを飲まないと元気になれませんよ」

「いらない。元気になったらまた悪いことしゅるかもしれないわ」

知らず知らずのうちにマルティーヌ様は傷ついていたのだ。

瞳に涙を浮かべる私を見てぎょっとした。

「どうして、ジュリーが泣くにょ？」

「マルティーヌ様のことを愛していますよ。どこの誰がなんと言おうと私は大好きです。なので元気がないと心配でたまらないんです。お願いします。薬草を飲んでください」

少しの間があったけれど、頷いてくれた。

水を用意して口を開けてもらい入れると、かなり苦いのか顔をしかめる。

ごくんと飲み込んでこちらを見つめてきた。

「全部飲めて偉かったですね。今はなにも考えないでゆっくり眠ってください」

「うん……」

心細そうな表情をしているので、私はベッドのそばに椅子を持ってきて腰をかける。

「ずっとそばにいるので心配なさらないでください」

「わかったわ」

瞳を閉じた。

お腹の上を一定のリズムで、ポンポンとやさしくたたく。

前世で家政婦をしていたときも子供を何回も寝かしつけたことがあり、その記憶が呼び覚まされた。

そのうちに寝息が聞こえてきて、ぐっすりと眠ってくれている。

まつ毛がすごく長い。

マルティーヌ様がいたずらしたり、人を困らせることで喜ぶのは、愛情が足りていなかったからなのかもしれない。

王族なので乳母が世話するのは不思議なことではないが、本当の母親が生まれてすぐに亡くなってしまったので、寂しかったに違いない。

切なくて、涙があふれそうになった。

「マルティーヌ様……ごめんなさい……」

部屋の扉が開いて振り返ると、ロシュディ陛下が慌てた様子で入ってきた。

「マルティーヌ！」

「眠っております……」

「あぁ、すまない」

いつも彼の後ろに張りついている側近は部屋の外で待機しているのか、国王陛下一人だった。

「倒れたと聞いて心配で飛んできたんだ」

小さな声で話し、王女の顔を愛おしそうに見つめる。

「昨夜、入浴に少し時間がかかってしまって、体が冷えてしまったのかもしれません。本当に申し訳ありません」

頭を深々と下げる。

「謝ることはない。ジュリーはマルティーヌのお気に入りで、いつも側にいて頑張ってくれていると報告を受けていた。感謝している」

「いえ……」

予想外の言葉を言われたので、私は黙り込んだ。

期待に応えられるようなことはできていないと思ったのだ。

「普段の様子をもう少し聞きたい。今時間が取れるのだが、隣の部屋で話を聞いてもいいか？」

「承知いたしました」

寝室のすぐ隣の部屋でソファーに腰を下ろした。

向かい合って座り、二人きりで話をするなんて機会がなかったので緊張で指先が冷たくなっていく。

前世でのゲームをしていた記憶が蘇り、目の前に大好きだったキャラがいるので複雑な感情があふれてきた。

気持ちを切り替えよう。

相談しなければいけないことがあるのだ。

マルティーヌ様が言っていた母親に対する思いをどのように伝えたらいいかわからなかった。

「いつもワガママを言って困らせているだろう」

「お子様は少々お転婆《てんば》のほうがお元気でよろしいかと思います。……しかし、助言をさせていただくとすると、たしかに、このまま成長してしまったら……」

悪役になってしまいますよ……とは言えず。

言葉を選んでから発言した。

「国民に愛される王女になっていただきたいと願うばかりでございます」

「そうだな……。このまま成長してしまったら、ただの意地悪な人間になってしまうだろう。そうならないように教育をしてもらえないか？」

「教育だなんて……。そんな恐れ多いことはできませんが、愛情をもって成長を見守らせていただきたいです。時にはやってはいけないと指摘することになるかとは思いますが……」

ロシュディ陛下はしっかりと頷いた。

「ジュリーに任せるしかないと思っている。乳母が音《ね》を上げていなくなってしまうとは思わなかった」

私は苦笑いを浮かべてから、ゆっくりと口を開く。

「一つご相談させていただきたいのですが、よろしいでしょうか？」

「あぁ。もちろんだ」

「実はマルティーヌ様にお母様のことを質問されたのです。お答えすることができず、抱きしめることしかできませんでした」

ロシュディ陛下は額に大きな手のひらを持っていき、困惑したような様子だった。

「いつかは話さなければならないと思っていたが、こんなに早くその日が来てしまうとは予想外だった。子供は、親の知らないところで成長しているのだな」

どこか感慨深そうだ。

「私も両親を失った悲しみを経験しておりますので、自分と重ねてしまって……」

「そうだった。ジュリーも子供の頃につらい思いをしていた。こちら側の責任で。本当に申し訳なかった」

「いえ、今こうして元気に働かせてもらっておりますので、お気になさらないでください」

そういう意味で言ったんじゃなかったけど……。

言葉って難しい。

「あの子は頭がいい。そろそろ人間には生きることと死ぬことがあるということを、少しずつ教えていかなければならない。ジュリーからも『生』と『死』についてをそれとなく伝えてくれないか？」

「承知いたしました」

生きているものに終わりが来ると知ったのは、いつだっただろうか。

前世で、ペットで飼っていたハムスターが亡くなった日。

朝起きていつものように声をかけたら動かなくて、冷たくなっていたのだ。

それが、『死』ということを学んだ。

こちらの世界に来てからは、どうだっただろう。

前世と今世の記憶が入り混じっているので、混乱する。

「他に話しておきたいことは？」

「……はい」

悩んだが素直に言うべきだ。しっかりと国王陛下の目を見つめた。

「実は、周囲の者たちがマルティーヌ様の安全を思って、厳しいことを言ってしまうことがあるのです。そのせいで『みんな、わたくしのことが嫌い』って口になさって……。本当に申し訳なく思っています」

「やめた乳母は、愛情を見せなかったのだろうな。あくまで仕事として彼女に接していたと思う。ジュリーは、孤児院にいたときから子供が好きだった。過去に悲しい思いもしてきたから人一倍やさしい女性だ。だからこそ名前が上がった際にすぐに許可を出した」

　身を乗り出してロシュディ陛下は真剣な眼差しを向けてきた。

「大事な娘だ。どうかよろしく頼んだ」

「私に任せてくださり本当にありがとうございます」

　話をしていると……

「ジュリー！」

　マルティーヌ様が私を呼ぶ。

　立ち上がり急いで寝室に向かう。

　国王陛下も後を追ってきた。

　二人の姿を見たマルティーヌ様は、迷わず私に手を伸ばす。

「ずっと近くにいてくれりゅって言ったじゃない」

「申し訳ありません。ロシュディ陛下がいらしておりますよ」

ちらりと視線を送って上半身を起こす。

「お父様、ご心配なさらないでくだしゃい」

まだ子供なのにしっかりと気を使うこともでき、体調が悪いのに挨拶をしている。とても偉い。

ロシュディ陛下が近づいて、頭をそっと撫でている。

「体調が悪いときには、無理をして挨拶をしなくていいんだ」

体を横にさせて、顔を近づけて、愛おしそうに見つめていた。

しばらく二人きりにしてあげたほうがいいと思って、私は席を外す。

その間に冷たいタオルを持ってくることにした。

部屋に戻ってくると、二人の緊張した空気は和らいで軽く話をしている。

「マルティーヌ様、お食事を召し上がることができますか?」

「あまり食べたくにゃいの」

日本にいたときは風邪をひいたらおかゆが出てくるのが定番だったが、こちらの世界でお米を見たことはない。

「ちゃんと食べないと駄目なんだぞ」

「じゃあ、ジュリーが作ってくれたら食べりゅわ」

予想外の言葉を言われたので私は驚いて固まってしまった。

「前にクッキーを作ってもらったんだけど、とても美味しかったのよ。お父様にも食べていただきたいわ」

「そうか。それは興味があるな」

「お父様、わたくし、お母様がほしいの」

顔が強張っているロシュディ陛下は、どんな言葉を言うべきなのか困惑しているようだった。

「そうだな……」

「いいこと思いちゅいたわ。ジュリーがわたくしのお母様になればいいんじゃないの」

なにを言い出すのか。

顔から火が噴き出そうになった。

この場にいるのは無理と判断した私は、なにか食事を作ってきますと言い残して、その場から逃げるように去った。


調理場を借りてパンを柔らかく煮ることにした。

ミルクでグツグツと煮込んでいるのを見ながら、ぼんやりと考える。

私がロシュディ陛下と結婚なんてありえもしないことを……マルティーヌ様ったら、突拍子もないことを言い出す。

お子様だから仕方がないかもしれないけど。

早く元気になってほしい一心で料理を続けたのだった。


マルティーヌ様の部屋に戻るとロシュディ陛下の姿はなかった。

「パンを柔らかく煮込んできましたよ」

食べやすいように少し甘くした。

ゆっくりと体を起こして口元に運ぶと、少しずつ食べてくれる。

「おいちい」

「よかったです」

甘えるように口を開けるので、食べさせた。

かわいい……。たまらない。

「あまり無理しないでくださいね。食べたらお薬を飲んでまた眠りましょう」

「うん」

素直に話を聞いてくれる。

半分ほど食べてから、薬を飲んでくれた。

すぐに深い眠りに落ちていく。その姿をずっと私は見守っていた。

そして、次の日にはエンジン全開。元気に戻ってくれて一安心だった。

第四章

来月、隣国で交流会があるそうだ。

マルティーヌ様は新しいドレスを仕立てることになっている。

容姿が抜群にいいので、なにを着ても似合う。

外国の王族にお披露目するので、いつもよりももっと豪華に見えるドレスを作ることになっていた。

ところが黙って採寸されるのが嫌みたいで、ムスッとして口をとがらせている。

「かわいい顔が台無しになりますよ」

「じっとするの疲れりゅわ」

「素敵なドレスに仕上げていただきましょうね」

仕方がないというように頷いてくれた。

その後は、庭園を散歩する。

こうして歩かなければ体力がつかないので、楽しく会話をしながら歩いてもらうのが必要なのだ。でも彼女はすぐに歩くのをやめてしまう。

「ジュリーお腹が空いたわ」

「今お昼を食べたばかりじゃないですか」

「あなたの作ったお菓子が食べたくなったの」

上目遣いで見つめられると、かわいいのでなんでも作ってあげたくなってしまう。

でも菓子ばかり食べていたら体に悪いので、今度は野菜の料理を作ってあげたい。

でもマルティーヌ様の担当のシェフがいるので、あまりでしゃばったことはできないのだ。

「でも持って行きたかったの」

「庭師が綺麗に手入れしてくださってるんですよ」

困ったなと思いつつ、私はしゃがんで話しかける。

「綺麗だから。わたくしの部屋に持って行くにょ」

「なぜそんなことをされるんですか?」

彼女にも花を愛する心があるのだと安心していたら、急に花を引っこ抜いた。

「ええ。そうですね」

「わたくしのほうがかわいいけど」

咲いている花を見て、綺麗だねと言った。

自分中心の考え方。

どうしたら人の気持ちを考えられるようになるのだろう。

やさしい心を育むことができるのかと考え込んでしまう。

散歩を終えて部屋に戻ってきた。

今日は家庭教師が来ない日なので、読書タイムだ。

私はマルティーヌ様の料理を担当するシェフから呼び出されていたため、メロにお願いをして席を外すことにした。


「お待たせしました」

「よく来てくれた」

以前私がデザートを作ったときは迷惑そうな顔をしていた。

試しに野菜入りクッキーを作ったところ、試食をして大絶賛してくれて……。

さらにはマルティーヌ様が人参が入っていることに気がつかないで食べたということでとても喜んでくれた。

それからたまに呼び出されて、料理のアドバイスを求められることがある。

前世で家政婦だったとき、料理をするのが大好きだったので、私にとっては嬉しい時間だ。

お菓子を作るときは野菜をなるべくすりおろして中に入れ込んでわからないようにするという方法を試している。

すると、少しずつ食べるようになってくれた。

「正式にレシピを考えるチームの一人としてジュリーを招き入れたいという話になったんだ」

「えっ、いいのですか？」

「もちろんだ。大歓迎だぞ」

「メンバーに加えていただき嬉しいです」

「マルティーヌ様の好き嫌いが少しでもなくなってくれたらいいのだが」

「本当にそう思います……」

私は日本人だった頃の知識をフル回転して頑張ろうと決意した。

「そこでいくつかレシピを考えてほしいのだ」

「わかりました」

味も美味しくて見た目もかわいらしかったら嫌がらないと思うので、張り切って考えよう。

打ち合わせが終わったので、マルティーヌ様の様子を見に行くことにした。

するとと大変なことが起きてしまっていた。

メロが泣いている。

「キャハハ！　もっと泣きなしゃい」

マルティーヌ様は、まさに悪役といった感じで悪い笑みを浮かべている。

この子は生まれながらにしていじめっ子気質なのかもしれない。

「いったいどうしたんですか？」

「メロが泣いたから面白いの」

「泣かせるようなことをしたんですか？」

「ええ、しょうよ」

悪びれた様子がないので、私は思わず頭を抱えてしまった。

「メロさん、大丈夫ですか？」

「いいえ。今回ばかりは心が折れてしまいました。祖母からの形見だったんです……」

涙ながらに言うのでそれ以上詳しく話を聞くことができず、マルティーヌ様に視線を動かした。

するとなにか手に持っているようだ。

「そちらはなんですか？」

「メロの宝物よ」

よく見てみると、手作りのブレスレットのように見えた。

「わたくしが引っ張ったらブチって切れたの！　そしたら、メロが泣き出したのよ。キャハアアアアアアアアアア」

人に意地悪をして喜ぶような子供に育ってしまっている。

このままでは将来、彼女が大変な目に遭うのだ。

まずメロをこの部屋から退出させて、休ませなきゃ。

待機している他の人間を呼んで、顔色の悪いメロを連れて行ってもらった。

私はマルティーヌ様の目の前に正座をした。

この国では正座する人はほとんどいないが、日本人だった頃の記憶を思い出してからはこうやって座ることがある。

正座をすると子供と視点が近くなるので、話をしやすいのだ。

「大切な形見だって言ってましたよ」

「カタミってにゃに？」

「メロさんのおばあさんが大切にしていたものです」

自分の母親の死を理解していないのに、天国に行ったとか説明できない。

国王陛下はそろそろ少しずつ教えていきたいと言っていた。

今日のことも報告しておくべきだ。

「やめてくださいっていうことをしてはいけないのです」

「だって、嫌がるから面白いにょ」

前の乳母がお手上げだったのも頷ける。

私も彼女の未来が見えていなかったら、このまま逃げていたかもしれない。

自由奔放でワガママなところもあるけれど、でも関わり方によっては悪役の未来を免れることができるかもしれない。

ここで私が諦めてしまったら終わりなのだ。

「マルティーヌ様、人が傷つくようなことをしてはいけません」

「どうちて？」

「誰かが悲しむようなことをしてしまったら、いつか自分にも悲しい出来事が返ってくるのです」

理解してほしいという気持ちを込めて、メガネの奥の眼力を強めた。

「逆に人に喜ばれるようなことをすると、しあわせが舞い込んでくるものです」

「そうにゃの？」

「はい。この大きな地球という星には目には見えないですが、決まっている法則がありま す。朝が来て太陽が昇り、夜になると暗くなるとか、季節の流れや時間経過など。それと同じでいいことをすると、いつかは自分にいいことが起きるのです」

「ふーん……」

納得しているのかどうかわからないが、話をしっかり聞いてくれた。

「メロさんの大切なものを壊してしまったけど、これはもう世界にひとつしかないのでどうすることもできません。できる限りの修復をして、謝りに行きましょう」

「……」

「こちらは私が預かっておきます」

マルティーヌ様は、ちぎってしまったブレスレットを素直に渡してくれた。

これは手で編まれている。

私も直せると思うけど、もっと上手な人に修復してもらうほうがいい。

誰か直せる人がいればと思いつつ……同僚に聞き回る。


それで、メイドの中で手先が器用な人がいると聞いた。

仕事の合間に、頭を下げにいく。

彼女はメイドのエプロンを縫っているところだった。

「忙しいところ申し訳ありません」

「なんですか?」

「このブレスレットを直してもらえませんか?」

「え？　私がですか？」

彼女は自分の仕事で忙しそうで、困った顔をする。

「実は……マルティーヌ様が……」

事情を話すと、理解をしてくれたようだ。

そして、三日後に直したものを持ってきてくれたのだ。

メロは、ショックで寝込んでしまっている。

このままだと仕事を辞めたいと言い出しかねない。

そうすれば、マルティーヌ様の専属お世話係が減ってしまう。

もうすでに関わっていた多くの人が退職したと聞いている。

綺麗になったブレスレットを持って、私はマルティーヌ様の部屋に向かった。

中に入ると、一人で絵本を読んでいる。

私の姿を見つけると嬉しそうに近づいてきた。

「ジュリー遊びに来てくりぇたの？」

「今日は提案があってまいりました」

「ていあん？」

不思議そうに首をかしげている。

マルティーヌ様にソファーに座ってもらい、私はその前にしゃがんだ。

「実はブレスレットを直してもらったんです」

綺麗になったブレスレットは、細長い箱の中に収納されていた。ふたを開くと完璧に直っている。

「まぁ！　しゅごいわ」

「形は元通りになりましたが、メロさんのおばあさんが作ってくれたものとは少し違うかもしれません。……今できることは、やってしまったことを心からお詫びするしかないのです」

「謝るなんて……できないわ」

マルティーヌ様は、今まで自分の口から『ごめんなさい』と言ったことがないのかもしれない。

一国の王女として大事に育てられてきたのだ。

謝る必要なんてない人生だったのだろう。

乳母が様々なことを教えてきたが、本当の母親から愛情を受けながら成長していくのとは違う気がする。

この世界では子供を乳母が中心になって育てていくが、それでもやはり両親の愛情というものは受けているものだ。

「それならいい考えがあります。お詫びのお手紙を書いてはいかがですか?」

マルティーヌ様は、最近自分の名前を書けるようになった。

まだ幼いのに立派だと思う。

「一緒に文章を考えましょう。私が代わりに文字を書くので、最後のサインをマルティーヌ様が書いてはどうでしょうか?」

「ええ、しょうね」

了解してくれたので私はペンと紙を目の前に出した。

二人で一緒に文章を考えていく。


――大切なブレスレットをちぎってしまってごめんなさい。

大事にしていたものなのに、引きちぎって悪かったと思っているわ。

いっぱい反省したので、もうこんなことしないわ。

会える日を待ってるから。

マルティーヌ

若干上から目線な文章だが、謝るという第一歩を踏み出したことをまず褒めてあげたい。

「これをしっかり渡しておきますね」

「……ええ。許してくれりゅかしら」

こんなしんみりとした表情を見たことがなかった。

マルティーヌ様も、少し成長できたかな？

「どんなお返事が来るかわかりませんが、こちらは誠実に謝るしかないですよね」

「しょうね」


その足で私は自分たちの部屋に向かう。

「体調はどうですか？」

「メロさん、……少しずつ回復してきましたが」

「ショックでしたよね」

「今回のことばかりは……さすがに」

「……実は直してもらったんです」

細長い箱を手渡すと、おそるおそる開いた。

そして瞳を潤ませる。

胸に強く抱きしめて泣いてしまった。

「ずっと私のことをかわいがってくれた祖母が作ってくれたものだったんです……。だから肌身離さず持っていたかったんですが、マルティーヌ様のところにつけて行った私も悪かったと反省しています」

「まさか壊されるなんて誰も思わないですよね」

「ええ」

「そうだと思います。ただ使用人は、アクセサリーは基本的には禁止されていますよね。今後はつけないほうがいいかと思います」

「そうですね。金属ではないので問題ないかと思っていました。今後は注意します」

メロは小さなため息をついた。

「もしかして退職しようと考えてますか？」

ギクッというような表情をした。

唇をかみしめて一つ頷く。

やっぱり、そう思ってしまうよね。なんとか食い止めなければ。

「そうですよね……。メロさんとはいろいろとやってきたのでこれからも一緒に頑張っていきたいなと思っていたんですが」

「代々、王宮に支えてきたのでお力になりたかったのですが……」

「実は謝罪のお手紙をいただいてきたんです」

「え？」

予想外だったのか目を大きく見開いていた。

「まだお名前しか書けないのですが、一緒に文章を考えたんですよ」

手紙を差し出した。

緊張している様子で手紙を開いて文章を読む。

強張っていた表情がだんだんと柔らかく変わっていった。

視線をこちらに上げて微笑んでいる。

「……ジュリーさんはすごいですね」

「なにがですか？」

「あのマルティーヌ様がこんなことをしてくれるなんて」

「ええ。まだまだ危なっかしいところもありますし、こちらも理解できないことがいっぱいありますけど、立派な王女になられるのを見守っていきたいと思いませんか？」

「……そうですね。はい、もう少し頑張ります」

少し間があったけどスッキリしたような表情をして答えてくれた。

第五章

シュザート王国に招かれている国王陛下とマルティーヌ様。

パーティーへの参加に、私も同行させてもらうことになった。

暴走したら困るし、専属のお世話係なのでついていく。

ということで今日は私も、少しでも華やかに見えるような装いだ。

水色のワンピースを着せてもらい、侍女として質素だが失礼のないような服装。

いつもは、茶色のワンピースに白いエプロンという地味な格好なので、久しぶりに華やかな色を身に纏うと落ち着かない。

馬車で港に向かう。

マルティーヌ様は新調したオレンジ色のドレスを着て、頭には小ぶりのハットが乗せてある。

今日も安定の美貌。めちゃくちゃかわいい。

昼頃に到着して、夕方からパーティーがあるそうだ。

国王陛下も違う馬車で向かっているらしい。

お出かけということで、楽しそうに足をブランブランと動かしている。

「私と二人のときはいいですけど、他の方の前では足をブラブラさせてはいけませんよ」

「はーい。お行儀が悪く見えてしまうからでちょ？」

「そのとおりでございます」

少しずつ私の言うことを聞いてくれるようになってきた気がした。

馬車で揺られること三十分。

船に乗って一時間の場所に招待された大国シュザート王国がある。

今日は近隣国の同じ年齢くらいの王子・王女が集まって、交流会を行うのだ。

実は、将来の結婚相手を見つけるという名目もあるらしい。

たしか……。

前世の乙女ゲームの中でも、攻略対象に隣国の王子も何人かいた。

もしかして、その王子の幼少期に会えるのかもしれない。

これは楽しみだ！

それに、今回新しい王子を見つけられれば、悪役から免れる可能性もある。

そう考えるとなぜか私は気合いが入った。

「かっこいい王子様に会えるのが楽しみですね」

「べちゅに」
「そうですか？」
少しでもマルティーヌ様をその気にさせる作戦に入る。
気に入られて婚約者になったら、手っ取り早く未来を変えることができる気がした。
でも結婚相手を決めるのは親なのかな。
……なかなか難しい。
まだ出会ってはいないけれど、主人公の魔術師の女の子もいつか出てくるはず。
きっとその子を中心に恋愛が進んでいく。
それを成長したマルティーヌ様が意地悪をして阻止していくのだ。
性格のいい素敵な女性に育ってくれたら、さほど心配しなくてもいいはずだけど。
そのためにも私は陰ながら奮闘しよう。

乗船場に到着すると豪華客船が海に浮かんでいる。
とても立派な造りをしていて、乗り込むのが楽しみになってきた。
中に入ると、大勢の使用人が頭を下げて出迎えてくれる。
とにかく広い空間が広がっていて、豪華絢爛《けんらん》という言葉がぴったりだった。
マルティーヌ様は招待客ということで、個室を用意されていた。

そこに行くとロシュディ陛下は、すでに到着している。

「マルティーヌ、素晴らしいドレスじゃないか」

「ありがとうございましゅ。お父様」

二人は抱き合っている。

家族団らんの時間を邪魔してはいけないので、待機室に行こうと頭を下げた。

ロシュディ陛下に付き添っている人たちと部屋を出ようとしたとき。

「ジュリー!」

マルティーヌ様が私のことを呼び止めた。

「どうなさいましたか?」

「一緒にいてほちいの」

「ロシュディ陛下とゆっくりなさってください」

頭を左右に振っていやいやと言ったそぶりを見せる。

「ジュリーが一緒じゃないと船から降りりゅわ」

私にとってはとてもうれしいことだが、ロシュディ陛下としてはかわいい娘と二人でゆっくり過ごしたいのではないか。

「マルティーヌが言っているのだ。そのとおりにしてくれ」

「かしこまりました」

私は頭を下げて部屋の中へと戻っていく。

ご家族がゆっくり過ごす空間に一緒にいさせてもらうことは恐れ多い。

「船が動き出したわ！」

ところがマルティーヌ様が明るい声を出して走り出したので、お供しなければと気持ちを切り替えた。

バルコニーに出て外を眺めている。

今日は天気がとてもよくて太陽が燦々《さんさん》と輝いており、海がキラキラとしていた。

広い海を見つめるマルティーヌ様は愛らしい子供だ。

この海のように広く大きな心を持ってほしいと願う。

部屋にフルーツやドリンクが運ばれてきた。

しかしロシュディ陛下とマルティーヌ様はほとんど口をつけることなく会話をしている。

「ちゃんとご挨拶するんだぞ」

「ええ。任せて」

機嫌よく話しているところを見て、私は安心していた。

マルティーヌ様はすぐに飽きてしまったらしく、持参した絵本をソファーで大人しく見ている。

ロシュディ陛下が私にしか聞こえないような声で話しかけてきた。

「マルティーヌには、シュザート王国に嫁いでほしいと思っている。両国が益々発展していけると思うからだ」

好きな人と結婚するという概念はこの世界観ではあまりないのかもしれない。それが国王の娘として生まれてきた使命なのだろう。

「シュザート王国では第一王子に気に入ってもらえるように動いてくれないか」

「かしこまりました」

重大な使命を負ってしまったと思ったが、断ることができない。


船が到着して、馬車で王宮まで送ってもらう。

他国の王子・王女たちと交流をしたことがないマルティーヌ様だったが、緊張する様子もなく楽しそうにおしゃべりをしていた。

ときおり馬車から景色を眺めると、大国だけあり道路もしっかりしているし、建物も立派なものが多い。

こんなに潤っている国と関係を深められたら……。

もしこの国の王子とマルティーヌ様が結婚できたら、たしかにトッチェル王国にとっても利益をもたらすことになるだろう。

高い外壁で囲まれた宮殿が見えてきた。

大きな扉が開いて中に入っていく。

綺麗に手入れされた庭が目に飛び込んできて、白亜《はくあ》の建物がとても美しい。

マルティーヌ様も若干テンションが上がっているようだ。

丁寧に出迎えられ大広間まで案内される。

そこには、色とりどりの華やかなドレスを身にまとった王女がたくさんいた。王子もいっぱいいる。

子供が大好きな私は、まるで天国のような空間だと胸がドキドキしていた。しかし、気を引き締めなければならない。

やんちゃなマルティーヌ様が暴走してしまわないように。

さらにはシュザート王国の第一王子に気に入ってもらえるように……！

そこへシュザート王国の国王陛下と、第一王子、第二王子が入場する。

「本日はお越しいただきありがとうございます。素晴らしいひとときを過ごしましょう」

挨拶が終わると歓談《かんだん》タイムになった。

ロシュディ陛下はすぐにマルティーヌ様を連れてシュザート王国の国王陛下のもとへ近づいた。

私は邪魔をしないように後ろについていく。

「本日はお招きいただきありがとうございます。娘のマルティーヌです」

「こちらこそわざわざありがとうございます。お美しいお嬢様ですね。紹介します。我が息子第一王子、ブロワールです」

金髪にブルーの瞳。肌が白くて美しい容姿をしている。

マルティーヌ様より、二歳年上らしい。

顔を見て思い出す。あーやっぱり、攻略対象に入っていた。

第二王子はトリストン王子。

マルティーヌ様と同じ年で、これまた美しい顔立ちをしている。

第二王子も攻略対象だった。

こちらの世界の人は、美男美女が多くて目の保養になる！

そう思いながら様子を見ていたら、マルティーヌ様がもじもじしている。

「マルティーヌ、ご挨拶を」

「わ、わたくし……マルティーヌ……ですわ。お会いできて嬉しいでしゅ」

「よろしく」

第一王子は、まさに王子という感じで笑みを浮かべた。

マルティーヌ様は、第二王子を見て、頬を桃色に染める。

「ようこそ」

第二王子にはぶっきらぼうな声で言われた。

それにショックを受けたのか、マルティーヌ様は固まっている。

国王陛下は第一王子と結婚させたいと言っていたが、マルティーヌ様は第二王子のほうが気に入っているようだ。

「ブロワール、トリストン、マルティーヌ殿下と遊んでおいで」

「はい、お父様」

二人の王子は返事をしてマルティーヌ様のところに近づいてきた。

子供たちは自由にふるまっていいみたいで、すぐに集まってくる。

それぞれで挨拶をしたり、他愛のない話をしたり。

好きな食べ物とか、好きな色とか。

和気あいあいとしていて楽しそうだ。

こんなに子供がたくさんいてかわいすぎる。

国王陛下が耳打ちしてきた。

「第一王子に気に入られるように頼む」

「それが、マルティーヌ様は第二王子が気に入っているようです」

「なるほど。それはそれで仕方がない。問題が起きないように見ていてくれ」

「承知いたしました」

マルティーヌ様は、いつも走り回っているのに、今日は借りてきた猫のようにおとなしい。

ずっと第二王子のことを目で追っている。

……と、そこで大きな拍手が湧き上がった。

輪の中心にいたのは、マルティーヌ様より少し年上の少女だ。

つやつやのストレートの髪と、瞳は青色。

私は、あの子供のことをどこかで見たことがある気がした。

……あ、乙女ゲームの主人公だ。

たしか、名前はフィナ。

ゲームの中では自分の好きな名前を設定できるけれど、デフォルトの名前がフィナだった。

「では、魔法を披露します！」

小さくて細い綺麗な手を宙に浮かせて、ほほえんだ。

彼女が手を動かせば花びらがパラパラと出てくるのだ。

それを見ていた子供たちは拍手喝采。

マルティーヌ様も目を丸くして見ていた。

「フィナさん、すごいですわ」

ところが、すべての注目が彼女に集まっていて、マルティーヌ様は少しずつ不満そうな表情になっていく。

ロシュディ陛下が近づいてきて耳打ちしてきた。

「彼女は我が国の優秀な魔術師の一人娘だ。とても礼儀が正しく、ぜひ、招待したいと声がかかった」

「そうだったんですね……」

やはり、あの少女がこの世界の主人公だ。

彼女は、ロシュディ陛下のことをいずれ恋愛対象として見るかもしれない。歳の差があったが、ロシュディ陛下も攻略対象の一人だったのだ。

何度も言うけど、私の推しのね。

フィナはマルティーヌ様にとって気に入らない存在である。

いつか出てくる存在だと思ったが、こんなに早く出会ってしまうなんて頭痛がしてしまう。

「サービス精神も旺盛《おうせい》で。人を喜ばせようと魔法を披露してくれるんだ」

「素晴らしいですね」

「あぁ。何度か王宮の催《もよお》しにも参加してもらったことがある。そこにいた他国の者たちが噂を広めていたのだろう」

私の勝手な予想だが……。

フィナは小さい頃からこうして色んなところで魔法を披露し、忙しすぎて恋愛をする暇がなかったのかもしれない。

でも乙女ゲームのヒロインとしての素質がめちゃくちゃある。

「次は、光の魔法を披露したいと思います」

フィナが空に大きくハートの形を描いた。

その形のまま光が浮かび上がり、キラキラと輝いている。

参加していた王子や王女は、アミューズメントパークに来たかのように嬉しそうにしていた。

大人の私が見ても感動してしまう。

彼女のショータイムが終わり、また歓談タイムがはじまった。

マルティーヌ様は、第二王子をまた目で追っている。

モジモジしていてかわいい。

困っている様子だったのでそっと耳打ちした。

「話しかけてみてはいかがですか？」

顔を真っ赤に染めて頭を左右に振り、私の後ろに隠れてしまった。

「恥じゅかしいわ」

マルティーヌ様らしからぬ発言に、成長したのだと感動を覚える。

その様子を見たロシュディ陛下は笑っていた。

ロシュディ陛下はすぐに席を外す。

様々な人に話しかけられて挨拶を交わすので忙しそうだ。

そのうちに話し込んでしまいこちらには目を向けていない。

私が目を離さないようにしなければ……。

「ジュリー……勇気を出して話しかけてみるわ」

「はい。応援しております」

ゆっくりと第二王子に近づく。

「わたくし、ダンスの練習頑張っているの。いつか一緒に踊ってくだしゃる？」

「悪いがお断りする」

「えっ……」

予想外の言葉だったのか、マルティーヌ様はその場で固まってしまった。

第二王子はフィナを気に入ってるようで、視線はずっとフィナに向けられている。

「フィナ、見事な魔法だった」

「ありがとうございます！　楽しんでいただけましたか？」

「あぁ、見事だ」

話が弾む二人を、マルティーヌ様は呆然と見ていた。

今まで自分中心だった生活だったので、こうして無視されることなどなかったのだ。

「美しいドレスだ。似合っている」

「ありがとうございます。褒めていただいて嬉しいです！」

フィナは膝を折って麗しい挨拶をする。

素朴な雰囲気で、とても愛想よくて感じのいい娘さんだ。

「今度僕からもプレゼントさせてもらうよ」

「いえいえ。今回、こうして招待していただけてそれだけでとても嬉しかったんです。素敵なお国ですね」

「そうだろう？　フィナをいろいろ案内したい」

「またいつか来ることがあったら案内してください」

いい雰囲気なので周りが入り込めない。

心配になってマルティーヌ様に視線をずらすと、絶望的なオーラを放っている。

「……なぜ」

小さい声でつぶやいた。

悲しそうな表情をしていたがだんだんと顔が赤くなり、目がつり上がっていく。

「マルティーヌ様……。あちらで少しジュースを飲んできませんか？」

私は落ち着かせようと声をかけた。

でも私の声は耳に届いていないみたい。

マルティーヌ様がズカズカと歩いて第二王子の元へ向かった。

「どうしてこんなにかわいい私のことは見てくれにゃいの」

「は？　なにを言っているんだ」

「許せない！　あんたがいなければよかったによよ！」

マルティーヌ様は、気にかけてもらっているフィナを指差して暴言を吐いた。

「申し訳ありませんっ」

フィナはなにも悪くないのに頭を下げる。

フィナに詰め寄って、手を大きく振り上げた。

これはまずい！

叩きそうになる寸前で、フィナは魔法でバリアを作った。

バシッと叩く、マルティーヌ様。

「いたーいっ」

逆に自分の手が痛くて、マルティーヌ様は大きな声を上げて泣いてしまう。

私は慌ててマルティーヌ様の腕をつかむ。

すぐに人が駆け寄ってきた。

「あの王女が、フィナを叩こうとしたわ……！」

他の国の王女が指をさして叫ぶ。

大勢の人から冷たい視線を向けられている。

悪いのはマルティーヌ様だが、私はどんなときでも一番の味方でいなければならない。

もちろん悪いことは『悪い』と教えるべきだ。

場の空気が悪くなり、ロシュディ陛下が人だかりを割って近づいてくる。

「マルティーヌ……！」

「うわぁぁあああああんっ」

泣いていて落ち着いて話をできるところではない。周りにいる人がどうしてこんなことになったのか状況を説明する。

フィナはバリアを解除した。

「叩かれそうになりましたが私は無傷です。どうかお気になさらないでください」

うわぁ！

フィナったら、めちゃくちゃいい子だ。

「迷惑をかけて申し訳なかった。少し落ち着いたところで話をさせてもらおう」

フィナとマルティーヌ様は移動することになった。

私がついていながら、なんという重大なミスを犯してしまったのだろう。ものすごい反省の気持ちに苛《さいな》まれている。

「マルティーヌ様がフィナさんを叩こうとしてしまいました。私がついていたのに申し訳ありません」

ロシュディ陛下が背中をポンポンと叩いた。

「今は自分を責めても仕方がない。私がなんとかしよう」

私を落ち着かせてからマルティーヌ様のところに近づいて、やさしい声で話しかけていた。

「マルティーヌ、やっていいことと悪いことがあるのだぞ」

「……だって」

「どんなことがあっても人を傷つけてはいけないのだ」

「……っ」

父親に怒られた経験がほとんどないのか、マルティーヌ様は黙り込んでしまった。

「フィナ、怪我はなかったか？」

「はい。あのう、マルティーヌ様の気持ちを損《そこ》ねるようなことをしてしまって申し訳ありません」

フィナはなにも悪くないのだ。

「フィナは悪いことをしていない。気にしないでおくれ」

「ありがとうございます」

若干だが、フィナの頬が赤く染まった。

ロシュディ陛下は彼女にとってはずっと歳上の大人だが、イケメンでめちゃくちゃ素敵だ。

幼いながらにドキドキしてしまうのも頷ける。

そこへフィナの母親がやってきた。

予想以上にかなり年齢が高そう。

「陛下。本当に申し訳ございません」

「いや、謝らなければいけないのはこちらだ。怪我をしていたら困るので診てもらったほうがいい」

フィナと母親は医務室へと消えた。

マルティーヌ様は頬をぷくっと膨らませていまだに機嫌が悪そうだ。

困惑したような表情のロシュディ陛下は、私に視線を送る。

「あとはよろしく頼んだ」

「承知いたしました」

ロシュディ陛下が部屋を出て行き、私たちは二人きりになった。

マルティーヌ様はまだ興奮状態だ。そっと背中を擦る。

「……わたくしのほうがかわいいのに」

「誰のほうがかわいいとか、そういうことではないですよ」

「どういういみ？」

泣きべそを浮かべていて、私も切ない。

「人それぞれに素晴らしい魅力があって、誰かと自分を比べるべきではありません。だから気に食わないことがあるからって、叩いてはいけないのですよ」

「……だって」

「乱暴なことをしていたら、みんなから嫌われてしまうんです。私はマルティーヌ様は大勢の人から愛される王女に育ってほしいと願っています」

こうして大切なことを一つずつ教えていくしかない。

「かわいいっていうのは、人それぞれ感じ方も違うんです。私はピンクが好きだなと思っても、他の人はブルーが好きだと言うかもしれません」

「そうね」

「すべてのことが自分の思い通りにいかないこともあるものです」

少しきつい言葉だったかもしれない。

マルティーヌ様は、黙り込んでしまった。

しばらく考えてからこちらに視線を向ける。

「謝ったら許してくれりゅかしら……」

「そうですね……。国王陛下に伝言をお願いしておきましょう」

自分から謝るという言葉を出してくれたことは、少し成長したかもしれない。ただ、国と国のつながりはどうなってしまうのだろう。そして、私はこのまま働き続けることができるのか。マルティーヌ様が悪役になってしまう未来を変えるまでは、見届けたいのだけれど……。


国に戻ってきた次の日。

「国王陛下がお呼びです」

朝、ロシュディ陛下の側近に声をかけられた。

マルティーヌ様のお世話は他の人にお願いし、急いで執務室に向かう。

大事なパーティーを台無しにしてしまった。

私が付き添っているのに大問題になってしまったので、クビを覚悟する。

かなりお転婆なマルティーヌ様だが、私にとっては大切な存在だ。

愛される、立派な女性に育ってほしいと心から願っている。

できることなら大人になるまで、見守らせてもらいたい。

しかし今回の一件があったので、厳しい結果になってしまうだろう。

執務室に到着し、入室の許可を得る。

大きな机の前に座っていたロシュディ陛下がこちらを見つめてきた。

「朝から呼び出して悪いな」

「いえ」

「大変なことに巻き込んでしまった」

「私がついていながら……本当に申し訳ありませんでした」

深く頭を下げた。

「頭を上げてくれ」

「……はい」

おそるおそるロシュディ陛下に視線を送る。

「せっかくのシュザート王国の催しだったのだが、最悪な事態になってしまった。しかし、丁重にお詫びをして理解してくれたようだ」

「そうでしたか」

ロシュディ陛下は、頷いた。

「子供がやったことだからと言ってくれた。国交が途絶えることはなかったが、今回の一件で、マルティーヌは花嫁候補から消えてしまっただろうな」

残念そうに言って、苦笑いを浮かべている。

「本当に申し訳ありません」

私は頭を低く下げた。

それしかできなくて本当につらい。

「顔を上げてくれ。フィナに謝りたいとマルティーヌから伝言があった。ジュリーが促してくれたのだろう？」

「いえ、自ら仰《おつしや》っておりました」

「そうだったのか。それは嬉しいことだ」

伝言は国王陛下にちゃんと届けられていたようで、フィナにも伝わったらしい。

「フィナは怒ることもなく、笑顔だったそうだ。立派なお嬢さんだな」

「そうですね」

国王陛下にとってフィナは好印象みたい。

今はそれよりも、マルティーヌ様のお世話係を辞めさせられてしまうという心配のほうが大きい。

指先が冷たくなってきて、その場に立っているのがやっとだった。

「マルティーヌが謝ることを学んだのは、ジュリーのおかげだ」

「……いえ、私は」

「これからも、頼むぞ」

「……えっ……」

予想外の展開だったので頭が真っ白になって言葉が出てこなかった。

首をかしげたロシュディ陛下が質問をしてくる。

「もしかして、もう耐えられないか？」

「いえ、続けさせていただけるのがありがたくて。マルティーヌ様は、お母様が亡くなり幼い頃から寂しい思いをしてきたので、お転婆になってしまったところもあると思うんです。しかしとても素直でかわいらしい王女様で……大人になるまで見届けたいと心から願っていました」

これからもお世話係を続けさせてもらえると知って涙が出そうになる。

私の言葉にロシュディ陛下は目を大きく見開いた。

「我が娘のことをそんなふうに思っていてくれたのか？」

「はい」

満面の笑みを浮かべて私は頷いた。

第六章

今日は夏野菜が届いた。

真っ赤でツヤツヤしたトマトや、美味しそうなみずみずしいキュウリ、ナスなどが届いている。

生野菜が嫌いなマルティーヌ様にどうやって食べてもらおうか。

調理場で話し合いをしているところだ。

マルティーヌ様に喜んでもらうためにはと、調理場にいるスタッフと頭を捻らせている。

「新鮮なトマトだから、生のまま食べてもらったらどうかな?」

シェフが腕を組みながら言った。

「そうなんですけど。火を通したほうが甘くなると思います」

「まぁ、そうだな」

最近私は気がついたことがあった。

マルティーヌ様はチーズや牛乳などの乳製品がお好きのようだ。

乳製品を使った料理を作ったら美味しく食べてくれるのではないか。

「トマトと鶏もも肉のチーズ焼きはどうでしょうか？」

「ほう、早速作ってみてくれないか？」

「もちろんです！」

シェフに促され、腕まくりをして調理用のエプロンをつけた。

料理することが大好きなので張り切って準備をはじめた。

トマトはヘタを取って、一センチ幅に切る。

「トマトは種の部分が酸っぱいと感じる方も多いので、今回は取り除いておきましょう」

「そんなことまで知っているのか。すごいな」

家政婦をしていたとき、調理をしていると質問されることもあるので、基本的なことは学んでいた。

「加熱すると甘みや旨味《うまみ》を引き出すことはできるんですけど、ビタミンCという栄養素が破壊されてしまうんですよね……なので、いつかは生のまま食べてもらえると嬉しいんですが」

「ビタミン？」

まだまだこちらの世界では栄養素は知られていないらしい。

「なぜそんなことを知っているんだ？」

「……あ、えっと、どこかで本を読んだ記憶がありまして。そういうのが好きなので結構読んでるんですよ！　あははは……」

　笑ってごまかす。

「勉強家だな」

「ありがとうございます」

　鶏ももは余分な脂を取って食べやすい大きさに切った。

　塩コショウと片栗粉《かたくりこ》を振ってフライパンで焼く。

　焼けた鶏肉の上にトマトとチーズをのせて、オーブンで焼き色をつけると完成だ。

「美味しそうだ」

「簡単な料理なんですけど、美味しいですよ。ただ見た目がそのまま野菜という感じなので、マルティーヌ様が食べてくれるかどうかがちょっと心配ですが……」

「たしかに」

　後は手作りマヨネーズでキュウリのサラダも作ってみた。

　シェフに試食をしてもらう。

「たまらんっ」

　大きな声で叫んだので、驚いて体が跳ね上がった。

「どうしてこんなに美味しい料理を作れるのだ。調理を専門にする仕事に就いたほうがいいのではないか？」

「いえ。私は料理もお掃除も小さな子供のお世話も全部が好きなので、今のままが一番いいんです」

だから、前世は家事全体を請け負う家政婦だったのだ。

ただ、そんなことは言えないので心の中にしまっておく。

「もったいないな」

シェフは腕を組んで納得いかないといった素振りだ。

私は、満面の笑みを浮かべて、軽く受け流す。

「では早速ランチに食べていただこう」

「はい！」

「ちょうどいい時間だからお運びしよう」

マルティーヌ様の部屋に運ぶと、テーブルについて食事が来るのを待っていた。

「ジュリー！」

「お待たせいたしました。今日は私が作った料理です」

「まぁ！」

瞳を輝かせたが、トマトが乗っかっているので一気にテンションが下がる。

「……わたくしは、野菜は嫌いなの」

「承知しております。しかし美味しくなるように心を込めて作ったので、まずは一口食べていただけませんか？」

「うーん……」

私が必死でお願いするが、困った表情を浮かべている。

「夏の野菜はみずみずしくて美味しいのですよ」

「……うーん」

「もうすぐ誕生日がきて四歳になられるマルティーヌ様には、いろんなものを食べていただきたいのです。世界には美味しいものがたくさんありますよ」

真剣な眼差しを送り、気持ちを伝えた。

マルティーヌ様は黙り込んで考えているようだ。

「そこまでジュリーがお願いするなら、わかったわ。息を止めて食べたら味がしないから、その作戦で食べりゅわ」

「左様でございますか……」

私は苦笑いする。

できればしっかりと味わってほしかったんだけど。

フォークとナイフで切り分けて口に運んでくれたが、息を止めて咀嚼を繰り返している。ところがつらくなってきたのか、息を大きく吸い込んでしまった。

しかしそのおかげで、強張《こわば》っていた顔が柔らかくなる。

「甘いわぁぁ！」

瞳を輝かせて、頬が桃色に染まった。

「そうなんです。トマトは火を入れると甘さが増すんですよ」

「まるでフルーツみたいじゃない？」

「そうですね」

「これなら食べられそう。それにわたくしはチーズが大好きよっ」

「ええ、マルティーヌ様がチーズやホワイトソースをお好きだと存じ上げております」

「まぁ！　わたくしのことをよく知ってくれているにょね。さすがジュリー！」

にっこりと笑ってくれた笑顔があまりにもかわいくて、胸がキュンとしてしまう。

小さな口に食べ物を含んでモグモグと食べている。

ゴクンと飲み込むと頷いて、またもう一つ口に入れる。

「とても美味しいわ。ジュリーは天才ね」

「ありがとうございます」

満足そうにトマトと鶏肉を噛み締めていた。

そして、なにかを思いついたようにこちらを見つめる。

「もうすぐわたくしの誕生日があるけれど、特別なケーキを作ってくりぇない？」

「わ、私がですか？」

この国には、腕のいいシェフが何人もいる。

もちろん立派なケーキを作る職人もいるし、リクエストされたからといって勝手に決められることではない。

それに普段食べるお菓子ではなく、誕生日という大切な行事に食べられるケーキだ。

「お気持ちは嬉しいですが、誕生日パーティーでは国内外からたくさんのお客様がいらっしゃいます。なので私の一存では決めることができません」

「じゃあ、お父様にお願いしてみりゅわ」

ツンと顎を動かしてから、マルティーヌ様は食事を続けた。

キュウリには抵抗があったみたいだが、マヨネーズの味は気に入ったらしい。

マヨネーズをつけて口に運んでいると、シャクシャクといい音がする。

「いかがですか？」

「このソース！　わたくしの好みよ」

嬉しいことに完食してくれた。

「すべて食べることができましたね」

「いい味だったわ」

「トマトとキュウリは克服《こくふく》されましたね」

「そうね」

野菜を少し食べられるようになった。

本人も嬉しそうな表情を浮かべている。

「あぁ、お腹いっぱい。ごちそうさま」

「少し休んでいてください。のちほどお散歩に行きましょう」

「ええ」

お腹に手を触れながら頷いてくれた。

◆

それから数日後、私はロシュディ陛下の執務室に呼び出された。

たまに声がかかることがあるが、毎回なにかやってしまったかと緊張しながら向かう。

厳重な警備がされている部屋の前に到着し、入室許可を得て中に入る。

ロシュディ陛下は机の前に腰をかけていて、私の姿を確認すると軽く手を上げた。

「呼び出して申し訳ない」

「いえ」

「お願いがある」

「なんなりとお申しつけください」

「マルティーヌの誕生日パーティーのときに、ケーキを作ってくれないか？」

「恐れ多いです。……私でいいのでしょうか？」

「どうしてもジュリーの作ったケーキがいいというのだ。あんなに野菜が嫌いだった娘が最近は食べるようになったそうだな。感謝している」

穏やかにほほえまれたので胸がキュンキュンしてしまう。

このキラッキラな笑顔は、自分はゲームの世界に入ってしまったんだなと思う瞬間でもあった。

「承知いたしました。精一杯、心を込めて作らせていただこうと思います」

「よろしく頼んだ」

話はこれで終わったかと思い、失礼しようとしたが、まだなにか言いたげな表情を浮かべている。

次の言葉を待っているとロシュディ陛下は口を開いた。

「マルティーヌも四歳だ。先日の事件もあったし、様々なことを教えていかなければならない」

魔術師の娘、フィナを叩こうとした事件だ。

「あのまま成長してしまえば、どんな大人になるのか心配で仕方がない」

いつも冷静に物事に対応しているロシュディ陛下が頭を抱えて悩んでいる。

「……」

どんなふうに答えたらいいのかわからず、私はうつむいてしまった。

「妙な話をして申し訳ない。なぜかジュリーには本心を話してしまう」

力なく笑っている。

そんな姿も魅力的に見えてしまうのだ。

さすが私が大好きだった乙女ゲームのヒーローである。

「これからも、いろんなことを教えてやってくれ」

「立派な王女様になっていただけるよう、私も力を尽くしたいです」

「感謝している」

自分の中では当たり前のことをしているだけなのに、こうして感謝されるとやる気が漲《みなぎ》ってくる。

「そろそろ娘を妻の墓にも連れて行きたい」

幼いマルティーヌ様には、まだ理解できないと思って教えていなかったのだろう。

「母が亡くなったということをしっかりと伝えたいと思う。今まではなんとなくごまかしながら過ごしてきた」

「そうだったのですね」

マルティーヌ様は、死を理解できるのだろうか。

受け止められるのか、心配でたまらない。

「来週時間を取ることができた。マルティーヌを母親の墓へ連れて行こうと思う」

「承知いたしました」

「そばにいて、支えてやってくれ」

「はい」

私は深々と頭を下げて、執務室を後にした。

◆

来週、マルティーヌ様は王妃のお墓に行くことになっている。

そのときのために、喪服用の黒いドレスを用意していた。

黒いドレスの準備が終わり、自由時間を部屋で過ごしているマルティーヌ様の様子を見に行くことにした。

「失礼します」

部屋に入ると一人で人形遊びをしていたようだ。

ウサギ、ネズミ、ネコなど様々な動物の人形が散乱している。

「ジュリー！」

「お人形で遊ばれていたのですね」

「そうよ！」

何気なく見ていると、鳥の人形が紐でぐるぐる巻きにされていた。

私は近づいてしゃがんで笑顔を向ける。

「これはなんですか？」

「仲間はずれにしてぐるぐる巻きにしてやったの」

私の笑顔は一気に引きつってしまった。

自由に遊んでいるのだから、助言するのはいかがなものなのか。

でもここで教えなければもっと過激になって、完全に悪役の未来に進んでしまうかも。

自分の中で自問自答する。

「ぐるぐるにしばって、石を投げちゅけるの」

「そうなるとどうなるんですか？」

「トリは、ピーピー言って苦しむのよ」

想像よりもかなり激しかった。

「過激な遊びですね」

どうしてそのような発想になってしまうのだろう。

一人で人形で遊ぶときまで悪役気質が出てきてしまうのか。

「意地悪するとすごく楽しいから」

「……」

「もっと苦しみなさい。えいっ」

マルティーヌ様は鳥の人形を投げ捨てた。私は慌てて拾う。

「痛いって言ってますよ」

「キャハハハ。楽しいわ」

「……そうでしょうか？」

「？」

変なことをしているという自覚がないみたいで首をかしげている。

「意地悪されているほうの立場になって考えてみてください」

「……そうねぇ」

頭をひねって考えているが、簡単に想像できないみたい。

「じゃあ、紐でぐるぐる巻きにされていたらかわいそうじゃないですか？」

「うーん」

なかなか理解してくれずに私は困ってしまう。

言葉で説明してもわかってくれないので一緒に人形遊びをすることにした。

私は鳥の人形を手に持つ。

「誰か助けて！　痛いことをされて苦しいのっ」

少し高い声で演技をしながら言ってみた。

急に私が遊びに加わったのでマルティーヌ様は驚いているようだ。

でも一緒に遊んでくれて嬉しいといった雰囲気である。

「どうしたの？」

マルティーヌ様は手にウサギの人形を持って近づいてきた。

「意地悪をされて体をぐるぐるに巻かれてしまったの」

「オーホッホッホ。もっと巻かれたらいいわ」

普通はそこで助けてあげるのではないか？

マルティーヌ様に普通を求めてはいけない。彼女の将来は暫定悪役なのだ。

私は近くに置いてあったリスの人形を手に持つ。

「笑ったらかわいそうじゃない？」

「そうよ、そうよ」

そこら辺に放り投げられていた脇役の動物たちも次から次と手に持って、マルティーヌ様の考え方が異常なのだと教えていく。

するとマルティーヌ様は不思議そうな顔をしていた。

「変かしら？」

「人の嫌がることをしたらいけないんだよ」

「私もそう聞いたことがあるわ」

相変わらず甲高い声で演技をしながら言う。

「……しょうなのね」

急に元気がなくなってしまったマルティーヌ様。

「ぐるぐるに巻いてある紐を解いてあげたらいいんじゃないかしら？」

私が手に持っているリスが提案すると、マルティーヌ様が頷く。

「解いてあげるわね」

無事に鳥は紐から解放された。

そして人形を持って、動物たちみんなで賞賛する。

「偉いわねぇ」

マルティーヌ様はウサギを手に持ちながら、微妙な表情を浮かべている。

これが正しいことだと少しでもわかってくれたらいいんだけど……。

そんな願いを込めながら私はとことんマルティーヌ様と遊んだのだった。

亡くなった王妃の墓に向かう日になった。

午前から太陽の日差しがきつくて気温も高く、黙っていてもじっとりと汗をかく。

朝から喪服の黒色のドレスに着替えてもらう。

◆

「暑いっっ！」

マルティーヌ様は、なぜかすこぶる機嫌が悪い。

「どこに連れて行くつもり？」

「それは、ロシュディ陛下から後ほどお話があります」

「どうして黒いドレスを着なきゃいけないの？」

私の口から説明することではないので、黙り込んでいた。ムスッと唇を尖らせてゆっくりと歩いて玄関へ向かう。

到着すると馬車が待機していた。ロシュディ陛下もやってきて、マルティーヌ様の目の前にしゃがんだ。

「お父様、おはようございます」

行き先がわからなくてイライラしつつも、恭《うやうや》しい挨拶をしている。

「おはよう、マルティーヌ。今日は、マルティーヌの母親の墓へ行く」

「お母様のところへ？」

会えると思ったのか、瞳を輝かせてにっこりと笑った。

「やっと会えるのね！　ずっと楽しみにちていたのよ」

「……会えるわけではないのだ」

「……どういうことでしゅか？」

なかなか言い出せないようだ。ロシュディ陛下は厳しい表情を浮かべている。

すべての事情を知っている私は、胸が痛くて仕方がなかった。

まだこんなに幼いのに伝えるのは残酷なことではないのだろうか。

しかしロシュディ陛下が悩んで決めたことなのだから反発することはできない。

「まずは、行ってから説明する」

立ち上がり、ロシュディ陛下は馬車の中に乗り込んだ。

別の馬車にマルティーヌ様と私が乗った。

ゆっくりと音を立てて進みはじめた。

「ハカって……にゃに？」

「……」

質問されても、私はなにも言うことができない。

「ロシュディ陛下も先ほど話されておりましたが着けばおわかりになるかと」

「……わかるけど、気ににゃるのよ」

「申し訳ありませんが大切なことなので……私からは教えて差し上げることができません」

「なんなのっ」

せっかくのお出かけだが、楽しいものではないと感じ取っているようだ。

それからはなにも言わずに黙って馬車に揺られていた。

西にある自然豊かな土地に王族の墓地があるらしい。

私はマルティーヌ様をそっと見た。

小さな胸の中に不安が広がっているに違いない。

「久しぶりのお出かけなにょに、今日はお買い物できないなんて」

何気なくマルティーヌ様がつぶやく。

「今度、外出許可をいただいて行きましょう」

「えぇ」

無言でいるのはお互いによくなかったのだろう。

こうして他愛のない会話を重ねていった。

墓地へは、王都から二時間ほどかけて到着した。

少し高い場所にあって、一面が綺麗な緑色。

町の景色が見える。

綺麗に整備されていて地面の草は短く刈られており、そこに石が埋め込まれている。

その石には亡くなった王妃の名前が刻み込まれていた。

ロシュディ陛下は墓の前に行くと、膝をついて持参した美しい花束を置いた。

指を絡ませてお祈りをする。

愛する人が亡くなる悲しみは、想像を絶するほどだろう。

その様子をマルティーヌ様はじっと見つめていた。

祈り終わると、ロシュディ陛下はマルティーヌ様を呼び寄せた。

「隣においで」

「はい……」

膝をついて石を見つめている。

「お母様は、どこに隠れていらっしゃりゅの？」

「マルティーヌのお母さんは、死んでしまったんだ」

「……」

意味がわからないというように首を傾げた。

「遠い空の上にいて、お星様となって見守ってくれている」

「……お星様？」

「そうだ。人や生きているすべてのものには命の火があって、その火が消えたら死んでしまうのだ。その火は、どれぐらい残っているのかはわからない。すべてわかっているのは神様だけだ」

風が吹いてきて、マルティーヌ様の髪の毛を揺らす。

長いまつげがゆっくりと閉じていく。

唇が震えて、瞳からは雫が零れた。

「……会うことができにゃいのね」

その姿を見ると切なくて、どうしようもない気持ちになる。

こんなに幼いのに『死』を受け入れなければならないのだ。

「どう頑張っても、いい子にしていても、神様に願っても……会うことができにゃいの？」

「そうだ」

ロシュディ陛下ははっきりとした口調で言った。

辺りはシンと静まり返る。

葉が揺れる音がして、鳥のさえずりが遠くから聞こえていた。

「うわぁあああああんっ」

澄み渡った雲ひとつない空に、マルティーヌ様の絶望的な泣き声が響き渡った。

あまりにも切なくて私の頬にも涙がこぼれる。

私は、立場上泣いてはいけない。

マルティーヌ様を支えなければ……。

だけど、胸が締め付けられて、鼻の奥が痛くなる。

「マルティーヌ……」

ロシュディ陛下は長い腕で娘を抱きしめる。

周りにいる私たちになにかできることがないのだろうか。

「人はいつ死ぬかわからない。だからこそ、お互いに思いやり、大事にしていかなければならないのだ」

「……っ」

本当にロシュディ陛下の言う通りだ。

あの人が嫌いとか、苦手とか、生きているとそういうこともあるけど、もしかしたら次の日に会えなくなってしまうかもしれない。

喧嘩をして疎遠になっていて、謝ろうと思ったときにはもうこの世の中にその人はいない可能性だってある。

だからこそ、人とのつながりを大切にして、生きていかなければならないと思った。

まだこちらの世界にも戦争している国もあって、若者や小さな子供が亡くなっているという話を聞く。

この世の中から、争いごとがなくなりますようにと願う。

今日一緒に同席させてもらうことで、命の大切さをまた改めて学べたのだった。

帰りの馬車の中でマルティーヌ様は、ぼんやりとしていた。

大きなショックだったに違いない。

私は彼女の背中にそっと手を添えて擦る。

そこに言葉はないけれど、お互いに通じるものがある気がした。

自分も両親を事故で亡くしている。

少なからず、悲しみは理解してあげられるかもしれない。

お世話係として、マルティーヌ様に愛情を注いでいこうともう一度決意をし直した。

第七章

王妃のお墓参りに行ってから、マルティーヌ様は元気がない。

悪いこともしなくなり、電池が切れたように日常を過ごしている。

ダンスレッスンの先生も、マルティーヌ様があまりにもおとなしいのでかなり心配したようだった。

レッスンを終えて部屋に戻ってきた。

「お食事が運ばれてきましたよ」

配膳係がテーブルに料理を並べていく。

ナイフとフォークを手に持ったが、小さく切り分けるだけで口に運ぼうとしない。

結局、ランチタイムでは食事を食べなかった。

母親の死に直面したことで、気力を失ってしまったのかもしれない。

「マルティーヌ様、お散歩に行きましょうか?」

首を横に振る。

「行きたくにゃいわ」

どうすれば元通りに戻ってくれるのだろう。

今のほうが『悪さをしないからいいわ』と、そんなひどいことを言っている者もいる。

私はその言葉を聞いて悲しくなった。

時が解決してくれるのかもしれないが、このまま放っておけば引きこもりになってしまう可能性もある。

ただこういう場合、無理やり手を引っ張って連れて行くと逆に傷つけてしまうことにもなる。

私はマルティーヌ様の近くでしゃがんでやさしい笑顔を浮かべた。

「綺麗なお花が咲いていますよ。一緒に見に行きませんか？」

「ジュリーがそこまで言うにゃらわかったわ」

マルティーヌ様は立ち上がった。

とても天気のいい日だ。

太陽の日差しが強いので日傘を差す。

「綺麗なお花ですね」

「ええ」

「太陽に向かってまっすぐと伸びていますね」

「そうね」

散歩をしていても上の空だ。

「あのお空に飛んでいるトリたちもいつかは死んでしまうにょ？」

ふと立ち止まって質問してくる。

「ええ、そうですね……いつかは……」

残酷な話だが、国王陛下はもう隠すことはしないとの方針だ。

「道に歩いている虫も？」

「ええ……」

そして彼女はハッとしたような表情を浮かべる。

「もしかしてジュリーも？」

「いつかはそのような日が来るでしょう」

「そんなの嫌よ、いやああああああああああああああ！」

急に叫び出した。

私にしがみつき、大粒の涙を流して泣き叫ぶ。

何事かといったように、使用人たちが近づいてくる。

私は集まってきた人々にアイコンタクトを送り、そっとしておいてもらう。

泣きやむまで彼女の背中をさすり続けた。

死を受け入れるようになるまでには、時間がかかるかもしれない。

「ジュリーは死んじゃ嫌っ！」

「マルティーヌ様……」

そう簡単に死なないから大丈夫と、安心させてあげるのも一つの手なのかもしれない。

でも、突然事故とかであの世に行ってしまったら……。

そのときの衝撃も大きいので、安易に口に出すことはできなかった。

「死なないで！」

「長生きできるように頑張ります……ですから……泣かないでください」

背中を撫でた。

泣くのが落ち着いてきたので、部屋に一緒に戻る。

そして、りんごジュースを飲んでもらう。

「大丈夫ですか？」

「うん……」

「少し休んでください」

ベッドに寝かせた。

マルティーヌ様はゆっくりと瞳を閉じて、私の手をぎゅっと握る。

寂しくて不安でいっぱいなのだ。

私はやさしく手を握り返した。

精神的にも肉体的にも疲れていたのかすぐに眠りについた。

眠った幼い表情を見つめて私は考える。

少しでも楽しい気持ちになってほしい。

私は前世の記憶を思い出せば、役に立つことがあるかもしれない。

悲しみを軽減させてあげたかった。


その日の夜。

私はロシュディ陛下に呼び出された。

こんな遅い時間にしかも私室へ呼ばれることなんてなかったので、なにかあったのかと頭が真っ白になりながら歩く。

普通は入ることのできないところだ。

ロシュディ陛下の部屋は、掃除でも入ったことがない。

部屋の前に到着し、入室許可を得た。緊張しながら、足を踏み入れる。

長い廊下を抜けるとものすごく広いリビングが広がっていた。

調度品や見たこともない美しい絵画が飾られている。一つ一つの家具が大きくてゴージャスだ。

たとえば椅子の足には、丁寧に彫り物が施されている。

カーテンは、細かな刺繍がされていて、金糸がふんだんに使用されていた。

別世界に入ってしまったかと思うほど立派な空間には、ランプの火が揺れている。

「夜遅くに申し訳なかった」

声をかけられた方向を見ると、ロシュディ陛下が大きなソファーに座っている。

「なにかございましたか？」

「今日の散歩中にマルティーヌが大声で泣いたと聞いて心配だったんだ。どんな様子だったか教えてくれるか？」

私は頷いた。

するとロシュディ陛下はソファーに座るように促した。恐れ多いが対角線上に座らせてもらう。

私にもグラスが用意された。

ロシュディ陛下がぶどう酒を自ら注いでくれる。

恐縮しながら受け取って、口に含むと芳醇《ほうじゅん》な香りが広がる。こんなに上等なアルコールを飲んだことがない。

一息ついて、事情を説明した。

「母親の死を伝えるのは、まだあの子には早かっただろうか」

「……そうかもしれませんが、でも必死で受け止めて頑張ろうとしておられます」

「胸が痛む」

大きなため息をついて、目の前にあるグラスを手に持って煽るように飲む。

「楽しいことをしていただきたいのです」

「あぁ。マルティーヌに笑顔が戻ってほしい」

「私も同じ気持ちです。買い物をしたいとおっしゃっていました。マルティーヌ様はお人形で遊ぶのがお好きです。お子様向けの人形劇を見ていただくのはいかがでしょう?」

「いい考えだ。ジュリーにすべて任せる」

「ありがとうございます。笑顔が取り戻せるよう、力を尽くします」

私は立ち上がって一礼をした。

普段アルコールを飲むことがないので、足元がふらついてしまう。

ロシュディ陛下が慌てて立ち上がり、私の腰を支えてくれた。

「大丈夫か?」

ものすごく至近距離で私のことを心配そうに覗き込んでいる。耳が熱くなって気が遠くなりそうだった。

「だ、大丈夫でございます!」

逃げるようにして、ロシュディ陛下の部屋から退出した。

（やっぱり、推しだ！）

近くに来ると、高級な香水をつけているようないい香りがしたし、ガッチリとした腕に支えられて最高だった。

（あーん、もう、ドキドキしたっ）

興奮気味で自分の部屋へ戻った。

部屋に戻ると先ほどまでドキドキしていた気持ちが落ち着いてくる。そして、考えてしまうのは、マルティーヌ様のことだった。どうにか元気になってもらいたい。そんなことばかり考えていた。

◆

「今日はデザイナーさんがいらっしゃるので、寸法を測っていただきましょう」

来月の誕生日パーティーのためにデザイナーが来城するのだ。

朝の準備をしながら話しかけていたら、マルティーヌ様は肩をがっくりと落とした。

「ドレスって重たいから嫌。パーティーとかで着るやつって豪華だから余計に重たいによ！」

「でも主役はマルティーヌ様なので、素敵なドレスを作ってもらいましょう」

「……わかったわ」

めちゃくちゃやる気のない返事だった。

朝食を終えてすぐにデザイナーがやってきた。

「担当させていただきます、キーセントです。よろしくお願いいたします」

彼女はこの国で有名なデザイナーだ。

まだ二十代で若いのにやり手である。

「さぁ、マルティーヌ様。お体のサイズを測らせていただきますね」

「嫌よ」

ぷいっとそっぽ向いてしまう。

私が説得に入ろうとすると、立ち上がって逃げてしまった。

「マルティーヌ様、止まってください！」

デザイナーが声をかけるが言うことを聞く素振りはない。

慌てて私も声をかけるが、スイッチが入ってしまったようだ。

「わたくしを捕まえてごらんなしゃーーーーい」

フィッティングルームには様々な衣装があってかなり広い空間だ。

服の間に隠れてしまったり、隙間に入ったり。

「キャハハハハ」

必死で追いかけられるのが楽しいみたいで、笑っている。

ドレスの隙間に隠れて強く掴んでいるせいで、布が破れてしまった。

「破れたわ！」

「マルティーヌ様っ！」

他に待機しているメイドも参戦し、みんなでなんとか捕まえた。

先日まであまり元気がなかったので、元気になってくれたことは嬉しいんだけど。

言うことを聞いてくれないのは、困ってしまう。

「さぁ、測りますよ」

「いやぁあああああ」

なんとかサイズを測り終えることができた。

デザイナーは髪の毛がぐちゃぐちゃになっていて少しやつれたみたい。

廊下まで見送ると、うんざりとしているようだ。

「ありがとうございました……」

「……トラウマになりそうです」

「申し訳ありません。素敵なドレスになるように楽しみにしております」

デザイナーは頭をちょこっと下げて逃げるように去っていった。

今日はなんだかすごく疲れた。

自分のベッドに入り、前世の記憶を思い出す。

前世ではどこの家に行ってもお人形があった。人間の形をしたものか、動物の形をしたものか。

どちらかに好みがわかれるが、女の子がいる家に行くと決まって絶対に人形があったのだ。

きっと幼い子供は、お人形で遊ぶのが大好きなのだ。

そして着せ替えさせるのが大好きだった。

マルティーヌ様はなにかに集中するのが得意だ。はまるものが見つかればとことん好きになるタイプである。

一緒に人形の服を作ることを提案してみようかな。

もし気に入ってくれたら、人形の服の生地を買いつけに行きたいと出かける口実もできるかもしれない。

王族なのでお願いすれば商品を持ってきてもらえるんだけど、外出することで気分転換になればいいな。

それに、ドレスができる工程を知れば、自分のドレスを作るときも前向きに取り組んでくれるかも。

思いついた私は、夜だというのに余っていた布を引き出しから取り出す。

手芸セットを用意し、手元のランプをつけてチクチクと縫い物をはじめた。

「なにをしているの？」

静かにやっていたのに眠っていたメロが目を覚ましてしまった。

「ごめんなさい。起こしてしまいましたね」

「それはいいけど、急にやることでもできたのですか？」

「マルティーヌ様に元気になってもらいたいと思って、人形の服を作ることにしたんです」

「今から？」

「簡単にできるものですけど……」

メロは呆れたような微笑みを浮かべた。

「ジュリーは本当にマルティーヌ様のことが大切なのね」

「ええ」

「できることあれば言ってくださいね。手伝うので」

「メロさんありがとうございます。静かにしますのでゆっくり眠ってください。もしなにかあれば声をかけさせていただきます」

「ええ。おやすみなさい」

ベッドに横になって布団をかぶった。

数分後、気持ちよさそうな寝息が聞こえてくる。

私は集中して縫い物をし、ウサギの人形に着せてあげられるような簡素なワンピースを作った。

気がつけば外が明るくなってきている。

徹夜してしまったが、マルティーヌ様が喜んでくれることを期待し、仮眠を取ることにした。


次の日の午後。

自由時間に私はマルティーヌ様の部屋に行く。

「マルティーヌ様、少しお時間よろしいですか？」

「ええ。ジュリー、一緒に遊びましょう」

「はい」

気に入ってくれるといいなと期待をしながら、隣に腰をかけた。

「実は人形のお洋服を作ってきたんです」

「え？」

期待に満ちた瞳を浮かべてくる。

「こちらです」

白い古くなった布で作ったワンピース。

「小さくてとてもかわいいわ！」

「着せてみてもいいですか？」

「もちろん」

マルティーヌ様がぬいぐるみを手渡してくれる。緊張しながら着せてみるとサイズ感がぴったりだった。

「まぁあ！」

久しぶりにキラキラと輝く笑顔を見たので安心する。

「とても上手ね」

「ありがとうございます。あまり綺麗な布を用意できずに申し訳ないです」

「素晴らしいわ。今度はピンクとか赤とかかわいい色で作ってあげるのもいいかもしれないわねぇ！」

テンションが上がって、若干早口になっている。そこがまたマルティーヌ様らしい。

「今度一緒にお人形のお洋服を作りましょう」

「お洋服？」

「ほら見てください。ここにあるぬいぐるみたち。洋服を着ていないのでかわいそうじゃないですか？」

「それもそうね」

　納得したような表情を浮かべている。

　こちらの世界では、ぬいぐるみに服を着せるということは浸透していないようだ。なので私が作った簡易的な服でもこんなに喜んでくれる。

「ジュリーは、しゅごいわ。人形に服を着せるなんて思いつかないわ。しかも動物のよ！　服を着ている動物ってかわいいったら、ありゃしないわ！　天才！」

「たしかに動物は服を着ませんもんね」

　前世、日本で過ごしていた頃は、自分の家で飼っているペットに洋服を着せることはよくあることだった。しかし、こちらではかなり珍しいことみたい。

「今度生地を選ぶところからはじめましょう」

「ええ」

「デザインも一緒に考えませんか？」

「それは面白しょうね」

　だんだんと顔が明るくなっていく。

　なるべく楽しいことをして時間を過ごしてもらいたい。

「でも、縫えりゅかしら？」

「縫うのは私がやります」

怪我をさせてしまったら大変だ。

「楽しみにしていりゅわ」

「おまかせください。では早速、紙にどんなものがいいか描いていただけますか？」

「いいわよ」

想いのままに描いてくれる。

マルティーヌ様は、カラフルな色使いが得意なのかもしれない。

こんなに集中して喜んでくれる姿を見て安堵していた。


次の日の自由時間。

マルティーヌ様は、自分で考えたドレスの絵を見せてくれた。

「みてー」

ベースは紺色だった。

そこにキラキラと輝く星が、いくつも縫いつけられている。

「最近ね、空ばかり見てたから……こういうドレスもいいんじゃないかにゃと思って」

「とても素敵ですね」

「ウサギさんに作って着せてあげたいにょ」

「わかりました」

予想以上に難しそうなドレスだったけど、マルティーヌ様が喜んでくれるなら精一杯頑張ろう。

「縫い物が得意な人がいるので、勉強してきます。あとで布を買いに行きましょう。外出の許可を得ておきますので」

「ええ、楽しみにしていりゅわ」

久しぶりにマルティーヌ様がほほえんでくれたので、胸がキュンとなる。

思わず私も笑みを浮かべた。

「マルティーヌ様には笑顔がお似合いですよ」

「そう?」

ちょっとすました顔もかわいい。

遊ぶ時間くらいはつらいことを忘れて、楽しく過ごしてもらいたい。

それから私は縫い物が得意なメイドの元へ行った。

前にブレスレットを直してくれた人だ。

「忙しいのに……」

「頼りにしているんです。マルティーヌ様のお願いなのでなんとか力を貸してもらえませんか?」

「仕方がないわ」

大きなため息をつかれたが、型紙の作り方を教えてもらった。

本格的に服を作ったことがなかったので、とても勉強になる。

「この型紙をちゃんと作れば失敗することは少ないと思う」

「ありがとうございます」

「素敵なドレスができるといいわね」

「はい。近々布を買ってくる予定なんです。お土産買ってきますね」

「楽しみにしているわ」

はじめは話しにくい人かと思っていたけど、心を開いてくれたら案外付き合いやすいかも。

またお世話になるかもしれないし、彼女が喜んでくれるようなお土産を買ってこよう。


そして数日後、マルティーヌ様の外出の許可を得ることができた。

今日は朝から準備をして出かけることになっていた。

外出用のドレスに着替えて、小さな帽子もかぶせて、髪の毛をセットする。

玄関まで向かうと馬車が用意されていた。

王族が動くというのはとても大変なことなのだ。

乗り込むとマルティーヌ様は楽しそうに話しかけてくる。いつも以上に饒舌《じょうぜつ》だ。

「どんなものが売ってりゅかしら?」

「紺色と言っても種類があると思うんですよね」

「そうにゃの」

会話を続けていると馬車が動き出す。

小窓を開けて庭の花を眺めている。

風が入ってきてブロンドヘアが揺れていた。

「夏の太陽はとてもあちゅいわね」

「そうですね。日に焼けてしまわないように気をつけましょう」

「なんで?」

「日に焼けると皮膚が真っ赤になって皮膚が剥けてしまうことがあるんです」

念のため日焼けを防ぐといわれているぬり薬を持ってきたが、果たして効果はあるのだろうか。

大きな門がゆっくり開き、王宮を後にした。

街にある一番大きな生地専門店を目指す。

この国の街は本当に美しくて、噴水があったり、劇場の建物があったり、中世ヨーロッパのような古きよき町並みだ。

「いつか自由に街をありゅきたーい」

「それは難しいかもしれませんね……」

「つまらないわぁ」

マルティーヌ様は頬を膨らませた。

生地専門店に到着し、厳重に警備されながら馬車から降りる。

王女の突然の登場に、その場に居合わせた国民が喜びの歓声を上げた。

怖気《おじけ》づくわけでもなく、マルティーヌ様は堂々とした振る舞いで手を振る。さすがだなと私は見惚れていた。

店の中に入ると、年老いた店長とその妻らしき女性が頭を下げながら近づいてくる。

「ようこそいらっしゃいました」

色とりどりの生地が店内にたくさんあった。

見ているだけで楽しい。

マルティーヌ様は吟味《ぎんみ》するようにゆっくりと眺めている。

まさか「ここにあるものを全部ちょうだい」なんて言わないよね。少しだけ心配になってきた。

「どれもしゅてきね……。でもやっぱりこれがいいかしら」

心配は無用だった。

ちゃんと必要なぶんを選んでくれたのだ。

「素晴らしいと思います」

店長が緊張した面持ちで接客をする。

会計を済ませると、マルティーヌ様に付き添ってきた使用人が荷物を運んだ。

「また来りゅわ」

「ご来店ありがとうございました」

見送られて店を後にした。

馬車に乗ると満足そうな表情を見せてくれる。

「あの布があれば、しゅてきな服を作ることができそうね」

「はい。とても楽しみですね」

少し元気になってくれたような気がして嬉しい。

「おなかすいた」

「左様でございますか……」

予定になかったことなので私はちょっと困ってしまった。

お願いして馬車を停めてもらい、マルティーヌ様の付き人として来てくれた男性に確認する。

彼は中年の男性で決定権がある人物だ。

「そうですか……せっかくのお出かけですからなにか召し上がっていただきましょう」

「今すぐ、ここでかって!!」

「それは困りましたね……」

なんでもかんでも食べさせられるわけではない。

毒が盛られていたら困るし。

変なものを食べて体調を壊されても大変なことだ。

付き人が悩んで出した結果は、果物屋だった。

「ここで新鮮なジュースが飲めます。いかがでしょうか?」

「ここでいいわ」

馬車から降りて果物屋に入る。

見たことのない形のフルーツや、定番のものまでたくさんあった。

いくつかフルーツを選んでミックスジュースを作ってもらう。

攪拌機《かくはんき》があるのは庶民の店としてはとても珍しい。

カフェではないので基本的には持ち帰り専門店になる。

なのでその場で立って飲むという、マルティーヌ様にとってはありえない、ちょっとお行儀の悪い行動である。

しかし今日は特別だということで、できあがったジュースを付き人がまず口に入れる。

問題がないので、マルティーヌ様に渡された。

口に含むと瞳を輝かせている。

「甘くて美味ちいわ」

「ありがとうございます！」

お店を切り盛りしている若い夫婦は頭を深く下げている。

「ジュリーの分も用意しなさい」

「私は大丈夫ですよ」

「一緒に飲んでほちいのよ」

ご厚意に甘えてジュースを飲ませてもらえることになった。

新鮮なフルーツが使われていてとても美味しい。

「美味しいですね！」

「でしょ？」

まるで自分が作ったかのように自慢げな表情を浮かべた。

でも楽しそうで、こちらまでしあわせな気持ちになってくる。

ジュースを飲んで満足したマルティーヌ様は、帰り道はおとなしくしてくれた。

疲れてしまったのかウトウトとして、体重を預けてくる。

眠くてあたたかくなっている体温が心地いい。

今日はすごく暑い日だけど、このままくっついていたいと思った。

そのうちに寝息が聞こえてきて私の膝の上に頭を乗せて、ぐっすりと眠ってしまう。

(愛おしい……)

私の胸の中に花が咲いたような、そんな穏やかな気持ちになった。


一日の仕事を終え、自分の部屋で人形の服の型紙を作る。

「毎晩たいへんですね」

メロが心配そうな表情を向けてきた。

私は満面の笑顔をする。

「マルティーヌ様が喜んでくれると思ったら頑張れるんです」

「本当の母親みたいですね」

私は頭を左右に振った。

「母親にはなりたくてもなれません。マルティーヌ様を産んでくださった偉大なお母様がいらっしゃるので。しかしそれに負けないぐらい愛情を注いでいきたいと思っています」

自分でもこんな気持ちになるのは不思議だった。

子供は好きだけど、元々は悪役になる未来を阻止しようと思っていただけだったのに。

今は本当に愛おしくて仕方がないのだ。

このまま素直な女性に成長して、国民から愛される王女様に育ってほしい。

ただそれだけの感情で私はなにかに突き動かされるように頑張っていた。

「それにしても細かい……」

思わず呟いてしまうと、メロが近づいてきた。

「これって?」

「型を作ってそして布をそのような形に切って、縫うのです」

「そんなふうに作られているのね」

ある程度のことは前世の日本の家庭科の授業で習ったが、マルティーヌ様のデザインを再現するためには少々手間のかかる作業だ。

「こんなに思ってくれたら、マルティーヌ様も気持ちが伝わるわね」

「少しでも伝わってくれていたら嬉しいですが……」

胸の内は本人しかわからない。


次の日の午後、マルティーヌ様の自由時間になり、私は気合いを入れてマルティーヌ様の部屋に向かう。

早速、型紙を持って行く。

とりあえず、数日かけてすべてのパーツを用意することができた。

この紙の形の通りに布を切って縫って服を作るのだ。

私が入室するとマルティーヌ様が駆け寄り、そして、ぎゅっと抱きついてくる。

「ジュリー！」

「お待たせいたしました。ドレスを作るための材料を持ってきました」

「わぁ！　楽しみにちていたのよ」

先日まで元気がなかったが、少しずつ気持ちが上昇しているようだ。

明るい表情も見せてくれるようになったし、ほんの少し安心している。

「かしこまりました。ではソファーに座りましょうか」

「ええ」

ソファーに座ってもらい私は床に腰を下ろした。低いテーブルを作業台として使わせてもらう。

型を袋から出して広げた。

「こんな紙からドレスを作っていりゅのね」

「そうなんです。この形の通りにまずは布に印をつけます」

「うんっ」

大きく頷いてくれる。

型紙は完璧にできているはずだ！　教えてもらったし。

けど……ちゃんとできるか若干不安だ。

テーブルに布を広げて、その上に型紙をのせ、ペンで印をつける。

「線に沿って布を切るのです」

「まぁ、しゅごい」

マルティーヌ様は真剣に話を聞いていた。

「いくつかのパーツにわけて、組み合わせて縫っていくのです」

「にゃるほどー」

「では、布を切ってみますね？」

「わかったわ」

マルティーヌ様に、手を怪我させたら大変なことになってしまうので、ハサミを持たせることができない。

失敗しないように緊張しながら、いくつかのパーツにわけて布を切っていった。

人形のドレスなので小さくて結構細かい作業だ。

「むじゅかしそうね」

「ちょっと細かいですが大丈夫ですよ」

マルティーヌ様が心配してくれるので平気だというアピールをする。

やっとのことですべてのパーツを切り終えた。

ウエスト部分には大きなリボンがついている。

装飾用の布も用意しておく。

星はビーズを縫い付けて対応することにした。

これもちょっと細かそうだけど……。

結構手間がかかるので、マルティーヌ様は飽きてしまわないか心配だったけど、楽しそうに隣でずっと見ていてくれた。


布を切って、縫って、ビーズをつけて……。

レースをつけて。

「できましたー！」

「よくやったわ！　ジュリー！」

私とマルティーヌ様は、喜びを噛みしめるように抱きしめあう。

裁断から完成するまでに一週間ほどかかってしまった。

言いだしっぺなのは私だったけど、人形の服を一から考えて作るというのは結構大変だった。

よほど手先が器用な人に、作ってもらうことをおすすめしたい。

私が日本に住んでいたときは、ハンドメイドとか言って自分で作ってネット通販で売ってる人もいた。

こちらの世界にも手芸が得意な人がいっぱいいるから、そういう人に依頼したい。

でも自分で作ったので、すごく愛着がわく。

「それでは早速着せてみましょうか？」

「そうね」

ウサギの人形の足からワンピースを入れて、腕を通し、背中の部分には引っ掛けるタイプのフックを取り付けておいた。

これが細かくて大変だった。

でも、すごく可愛くていい感じにできたと思う。

「わぁあああ、とーーーーーーーても、かわいいわっ」

マルティーヌ様は声を弾ませている。

私も嬉しくなって頬が熱くなってくるのを感じた。

「マルティーヌ様が考えたデザインが素晴らしいのですよ」

「服を縫ってくれたジュリーのおかげよ」

「いえいえ、私はなにも」

ただ、笑顔が見たかっただけなの。

「ありがとう。また一緒に作ってね」

「え、そ……そうですね」

掃除や洗濯などの家事は好きだが、細かい人形の服を作るのは、苦手かも。

思わず苦笑いを浮かべてしまう。

「私が作ると時間がかかってしまうので、マルティーヌ様がデザインを考えていただいて、専門の人に作ってもらうのはどうでしょうか？」

「作るのを見るのが楽しかったにょ」

「でもたくさん作ってもらえると思いますよ」

少し考える表情を浮かべる。

どんな答えが返ってくるかドキドキしながら私は見つめていた。

「そうね」

（あぁ……よかった）

「また絵を描いて見せてください」

「まかせて」

胸をトンッと叩いてにっこりと笑った。

本日はデザイナーがバースデーパーティーで着るドレスの仮縫いの日。

微調整をして、次回、納品する約束となっている。

「本日もよろしくお願いします」

私が頭を下げるとデザイナーは苦笑いを浮かべる。

「今日は時間通りに帰ることができるでしょうか？　仕事が立て込んでいるので非常に頭を抱えております」

「そうですよね。早く終わることができるように努力いたしますね」

彼女は今までも何度かドレスのデザインを担当してくれていて、足を運んでいる。

顔見知りになっているが、マルティーヌ様はドレスは重たいから嫌いだという。

フィッティングルームに入っても、なかなか試着をしてくれず走り回る。

そういう過去の経験があるので、デザイナーはうんざりしているようだった。

人形のドレスを作るという工程を一緒に学んだので、今日はおとなしくしてくれているといいのだけど。

「では呼んで参ります」

マルティーヌ様をフィッティングルームに連れてくる。

デザイナーはマルティーヌ様を見ると、顔色が若干悪くなったようだ。

「お久しぶりです。試作品を持って参りました。こちらでございます」

用意されていたのは、思わずテンションが上がってしまうほど美しいドレスだ。

ベースはピンク色。

胸元にはいくつもの花が縫いつけられていて、チュールのふわりとしたスカート、腰の辺りには大きなリボンがあしらわれたデザインだ。

かわいくて品があってとてもいい！

私は思わずメガネをクイッと上げて、ドレスを食い入るように見てしまった。

「微調整をしたいので、袖を通していただいてもよろしいでしょうか？」

「ええ」

ドレスは重たいから嫌いだという彼女だが、この前一緒に人形の服を作った効果が出たのか拒否をしなかった。

素直に応じてドレスを着てくれる。

想定していたよりも、とても早く微調整が終わる。

デザイナーも安心しているようだった。

「来週には完成品をお届けできると思います」

「わかりました。よろしくお願いします」

デザイナーが帰っていった。

部屋に戻り休憩タイム。

冷たいお茶を用意してテーブルに置いた。

「予想よりもしゅてきなドレスになっていたわ」

「そうですね。お披露目《ひろめ》が楽しみですね」

「きっとあの人も苦労して作ったんじゃないかしら」

人の苦労がわかるようになったのか。

実際にドレスを作る工程を見せたからかもしれない。

誰かのことを考えた発言に感動した。

「ん？　どうして目を潤ませてりゅの？」

「ほこりが入っただけです」

不思議そうな顔をされてしまったけれど、成長を感じられた瞬間だった。

「わたくしは、ジュリーが作ってくれるバースデーケーキが楽ちみで仕方がにゃいの」

「素晴らしい機会をいただけて光栄です」

私が作った料理を食べたことをきっかけに、バースデーケーキを作ってほしいと言われたのだ。

料理が好きなので嬉しいのだが、世界各国からゲストを招くので、ものすごく大きなプレッシャーだ。

「頑張りますね」

今日も午後から試作品を作ることになっている。

「早く誕生日が来ないかしら」

心待ちにしている様子が愛おしくて私はやさしい笑みを浮かべた。


ランチが終わり、午後はお作法の先生がやってくる。

「午後からも頑張ってください」

「ええ。ジュリーも」

マルティーヌ様に見送られて、彼女の部屋から退出した。

私は調理場に向かい、ケーキの試作品を作る。

チョコレート味、生クリームベース、フルーツを盛りつけたもの。

どれも美味しく出来上がっているが、納得できない。

「全部美味しいと思うぞ。これならどれを出しても恥ずかしくない」

シェフが褒めてくれるが、自分の中では合格ラインを超えていない。

普段のおやつタイムとは違って、誕生日パーティーなのだ。

「ありがたいお言葉なんですが……。緊張が大きすぎます……」

私の肩をぽんぽんと叩いてなだめてくれる。

「そうだよな……。光栄なことではあるけど、その気持ちはわかる」

「はい……」

誕生日まであと二週間しかない。

今週中には、人数分の材料の購入なども必要なので、決定したケーキの報告をすることになっている。

「うーん……。やはり一番華やかに見えるのは、フルーツケーキなのではないでしょうか。我が国はフルーツがとても美味しいですし！」

「俺も同感だ。当日は調理場のスタッフ総出でフルーツのカットを頑張ろう！」

「盛りつけるのは少々時間がかかるかもしれませんが……」

「王女様の誕生日だ。心を込めて準備をさせてもらおうじゃないか」

「マルティーヌ様もお喜びになることでしょう！」

「だな」

シェフは腕を組んで頷いてくれた。

「特大、三段フルーツ生クリームケーキにします」

ババババーン！

頭の中でそんな音が聞こえてきた。

やっと決定したので報告書を作成して、許可を出してもらう必要がある。

イメージ図を描いて、明日にでも提出しよう。

第八章

「お誕生日おめでとうございます」

「ありがとう。ケーキ楽しみにちているわね」

「ご期待に応えられるように頑張ります」

今日は、マルティーヌ様の四歳の誕生日パーティーだ。

朝食を食べてもらうところまでは私がお世話をして、昼から開かれるパーティーのケーキの準備をするために調理場へ向かう予定である。

マルティーヌ様は、出会った頃よりも少し大人になった。

朝のかくれんぼをしなくなった。

大人しく自分のベッドで眠っていることが多い。

それだけでも時間短縮になって、私にとってはありがたいことだ。

これからも、日に日に成長していくに違いない。

嬉しいことではあるけれど、甘えてくれなくなってしまうのは個人的に寂しいかも。

お世話係として抱いてはいけない感情なのかもしれないが、私の愛情は深まっている。自分の子供を産んだことがないのに、母親のような気持ちが体の底から湧き上がって不思議だ。

「お腹いっぱいだわ」

朝食のパンとスープは半分ぐらい食べてくれた。

「では早速夕方のパーティーに向けて着替えをしていただきますね」

「ええ」

「私はいろいろと準備してきます」

部屋から退出して調理場へ向かった。

スタッフ総出でフルーツのカットをしている。

甘くていい香りが漂っていた。

飲んでいないのにまるでミックスジュースの中に溺れたような。

あらかじめレシピを伝えていたので、スポンジを焼いてくれた。

大きいケーキを一つと、ゲスト用の小さなケーキもたくさん作る予定だ。

「ジュリー待ってたぞ。最終的な盛り付けの指示をお願いしたい」

「わかりました」

子供が一人寝っ転がることができそうなぐらい大きなスポンジの一番下の土台。

小さなケーキを何個も焼いて、四角い形に並べた。

そこにクリームを塗ってもう少し小さなケーキの土台を乗せる。

それを繰り返して三段のケーキだ。

高さもマルティーヌ様の身長ほどある。

部屋の温度をできるだけ下げて、みんなでたっぷりと生クリームを塗って、フルーツを盛りつけた。

そして完成したのである。

調理場は大きな拍手で包まれた。

時間を見るとちょうどランチタイムになる頃だ。パーティーがはじまる。

「それでは私は会場に行ってます」

「みんなで運ぶから安心してくれ」

「お願いします」

私たちは今日のためにバースデーケーキのレシピを考えて、何度も試作品を作り上げていた。マルティーヌ様の喜ぶ顔が見たいと頑張って作った。

「お喜びになるといいな」

「そうですね」

絶対に喜んでくれると期待している。


お昼頃からパーティーが開始され、料理が振る舞われる。

演奏があったり、ちょっとした演劇があったり。

その後にメインとして出されるのが大きなバースデーケーキだ。

王宮の中で一番広い部屋でパーティーが行われる。急ぎ足で向かうと各国のゲストが続々と集まっていた。

会場周辺は騎士が警備にあたっていた。

いつもマルティーヌ様がお世話になっている家庭教師やダンスの先生も参加していた。

会場内にはおしゃれをして参加してくれている各国の王子・王女や公爵がいる。

たくさんの人が来場していて賑やかな雰囲気だ。

待機室にマルティーヌ様がいる。

部屋の中にそっと入ると、ドレスを着て髪の毛を綺麗に結い上げられているマルティーヌ様がいた。

私の姿に気がつき手を振ってくる。

「ジュリー！」

「もうすぐはじまりますね」

今日は自分が主役だということで、とても機嫌がいい。

しかし、ちょっとしたことで機嫌を損ねてしまうことがあるのだ。

誕生日パーティーには国内外からゲストを招待しているので、問題を起こしてしまわないように注意していなければ……。

入場のときもすぐ近くにいたが会場内に入る寸前で私は端っこに寄った。陰ながら支えてお祝いさせてもらおうと思っている。

いよいよマルティーヌ様の誕生日パーティーがはじまった。

生演奏と同時にマルティーヌ様が入場する。

大きな拍手に包まれて満面の笑顔を浮かべていた。

私も手のひらが痛くなるぐらい大きな拍手を送った。

壇上に到着し、国王陛下のとなりの椅子にちょこんと腰掛ける。

小さいながらも、王族としてのオーラが輝いて見えた。

「本日は我が娘の誕生日パーティーにお越しくださりありがとうございます」

国王陛下が挨拶をする。

マルティーヌ様は、立ち上がって一礼をした。

その姿はとても優雅だ。

さすがっていう感じで、素敵！

ずらりとテーブルとイスが並べられており、料理が前菜から運ばれてくる。

ステージ上には音楽隊が姿を現した。

オーケストラのコンサートさながらの素晴らしい演奏が披露される。

マルティーヌ様は好き嫌いが多いので特別メニューを用意されていた。

今のところ機嫌よさそうに食べているようだ。

美味しい料理を食べながら演奏を聴いて演劇を見る。

演劇は飽きてしまわないかと心配していたが、子供でもわかる内容で楽しんでいる様子だった。

食事が終わると、私たちが準備したバースデーケーキが運ばれてきた。とても大きくて見た目が華やかだ。

会場内はあたたかい空気に包まれ歓声が沸き上がる。

マルティーヌ様の目の前まで運ばれてくると、瞳を宝石のようにキラキラと輝かせた。

私とシェフがケーキを担当したのだと、ロシュディ陛下から紹介された。

「ジュリーはマルティーヌの専属の世話係だが、料理が抜群に上手な女性だ。マルティーヌが強く希望して本日のバースデーケーキを作ってくれた」

こんなところで目立ってしまうとは思っていなかったのであたふたしてしまい、頬が熱くなった。

「ジュリー、一言もらってもいいか？」

「は、はい」

ロシュディ陛下に促され、私は急遽挨拶することになった。

「マルティーヌ様、お誕生日おめでとうございます。ゲストのみな様にも喜んでいただけるよう、チーム一丸となって考えたケーキでございます」

大きな拍手に包まれた。

挨拶が終わると私はマルティーヌ様のケーキを切り分けて運ぶ。

「マルティーヌ様、どうぞ」

「ジュリーありがとう」

招待客にもケーキが配られ、それぞれ口に運んでいた。

どんな反応が返ってくるか緊張していたが、頬に手を添えてにっこりと笑っている人や、目を大きく見開いてあっという間に食べてしまう人の姿が見える。

あちらこちらから「美味しすぎる！」と絶賛の声が聞こえてきて胸をなでおろす。

マルティーヌ様に視線を動かすと、大満足そうだ。

「ジュリー！　最高よ」

「ありがとうございます。こちらのシェフも一緒に頑張ってくださったんですよ」

「シェフもありがとう」

「お褒めいただき光栄でございます」

シェフは胸に手を当てて深く頭を下げている。

とてもいい雰囲気で誕生会が進んでいて、私の心も軽くなっていた。

続いて誕生日プレゼントを渡す時間になった。

招待客が次から次とマルティーヌ様の元に近づき、持参した物を手渡している。マルティーヌ様の隣に係の者がいて、プレゼントを丁寧に預かっていた。

立派な箱がどんどんと積み上がっていく。

おそらく一緒に開けることになるので楽しみだ。

「お誕生日おめでとうございます」

ヨーテル王国の国王陛下と、王女のユリアンカ様だ。

海に囲まれたヨーテル王国は、水と魚が美味しいことで有名な国だ。

そこに住んでいる人たちは、髪の毛と瞳の色が透き通ったような水色をしている。

肌の色が白くて、おしとやかでとてもかわいらしい雰囲気の王女だ。

今日着ているのは髪の毛に合わせたコーディネートなのか、水色のドレスだ。すごく似合っていて目を惹く存在である。

不安になって視線を動かすと、マルティーヌ様はみなの注目がそれてムスッとしていた。

プレゼントを渡す時間が終わり、自由な歓談時間になる。国王陛下の周りには人々が集まり挨拶を交わす。

私はちょっと呼ばれて一瞬だけ席を外していた。

すぐに戻るとステージ上にマルティーヌ様の姿がない。

慌てて探すと、マルティーヌ様はユリアンカ様に近づいているところだった。

嫌な予感がしてそばに寄ろうとする。けれど人が多いので近づくことができない。

マルティーヌ様が顔を赤くしている。

なぜ、そばに誰もいないのか。

マルティーヌ様は手を上げて振りかざした。

「マルティーヌ様！」

「どうして、わたくしよりかわいいドレスを着ているの！　許せないわっ」

ユリアンカ様のドレスのスカートをつかんで、グイッと引っ張った。

周りにいる人が気がついて慌てて引き離そうとするが、力が強かったのかビリッと破けてしまった。

一歩遅かった。

「きゃあああ！」

会場中に響き渡るようなユリアンカ様の叫び声。

「あなたがわたくしよりも素敵なドレスを着ているから、悪いのよ」

暴れるマルティーヌ様を私は抱きしめた。
このままでは収拾がつかないので、そのままパーティー会場を後にした。
国王陛下にはすぐに報告を入れてもらう。
ユリアンカ様は、安全を考慮して控え室につれられていった。
マルティーヌ様は顔を真っ赤にしてまだ興奮が冷めないようだ。
前にもフィナに危害を加えかけたことがあった。
再び似たようなことが起こってしまったのだ。
どうしたら、わかってもらえるのだろう。
どうしたら、感情をコントロールしてもらえるのだろう。
どうしたら、手を上げなくなるのだろう。
冷静にならなければいけないのに頭の中が混乱して、言葉がうまく出てこなかった。
「……わたくしったら……」
いつのまにかマルティーヌ様は肩を落として、顔が青白くなっている。
「人と比べちゃいけないって、ジュリーに言われたのに」
ハッとした。
私の言葉は届いていたのだ。
マルティーヌ様は立ち上がった。

「申し訳ないことをしてしまったわ。謝ってくる」

少しは成長してくれたのだと思うと、泣きそうになった。

普通の子供の喧嘩であれば、もしかしたら丸く収まったかもしれない。

しかし、ここで起きたことは国と国との問題に発展してしまうこともある。

謝って済む問題じゃない場合も想定しておかなければ……。

「国王陛下に伝言をしておいてもらいましょう」

「……どうしましょう」

「人は過《あやま》ちを起こしてしまうことがあります。でも次回は絶対しないと心から反省するしか今はないのではないでしょうか？」

「……ジュリー」

大粒の涙を流して私に抱きついてくる。

「マルティーヌ様はこの国を背負っているのです。ご自身の言動にもっと責任をもたなければなりません」

「……そうね」

少し厳しい言葉を言ってしまったが、私たちの信頼関係はしっかりと固く結ばれている。

私の伝えたいことを受け止めてくれるのではないかと言葉をかけた。

「……わたくしったら」

私は黙って抱きしめることしかできなかった。


その夜、ロシュディ陛下の部屋に呼ばれた。

「今回のことは頭を抱えてしまった」

「そばにいられず、申し訳ありません」

「ジュリーは悪くない。こちらこそ申し訳なかった」

ロシュディ陛下が悩んで困っている様子を見ると、胸が痛んでしまう。

「様々な対応は必要だが……相手方は理解を示してくれた。しかし、機嫌を損ねているのはたしかだ。こちらもヨーテル王国に対して、誠心誠意接していかなければいけないだろう」

話を黙って聞いていた。

「今回で二回目だ。今後はジュリーには催しがあるときはすぐそばにいてもらうことにしたい」

「かしこまりました」

「……もっとコントロールできるようになればいいのだが。ただ、マルティーヌがすぐに謝りたいと言えたことは成長したと思う。しかし、成長だけでは許されないこともあるだろう」

「そのとおりだと思います」

「手を煩わせてしまうが、様子を見てやってほしい」

私は深く頭を下げた。

ロシュディ陛下は、穏やかな表情を浮かべてこちらを見つめる。

「それでもジュリーのおかげであの子はいい方向に進んでいる。まるで母親のように慕っているし」

「私はなにもできておりません」

「そんなことはない。俺は高く評価しているぞ」

真剣な眼差しだったので心臓にズキンと衝撃が走った。

認められ褒めてもらえて嬉しかったのだ。

私はマルティーヌ様のことがかわいくて仕方がないだけなはず。

立ち上がったロシュディ陛下がゆっくりと近づいてきて、熱い眼差しで見つめてくる。

なにか言おうとしているようだが、推しが至近距離に迫ってきて、血圧が一気に上昇してしまった。

「よ、夜も遅いので……失礼いたします！」

逃げるようにロシュディ陛下の私室から退出した。

◆

マルティーヌ様は、悪役としての未来を避けることができているのだろうか。

ときどき不安になることがある。

口が酸っぱくなるほど同じことを繰り返し言っているのに。

冷静になれば理解できているはずなのに。

怒りの感情を抑えることができないらしい。

私がどんなに頑張っても、悪役になる未来は変えられないのかな。

諦めそうになるが、どうなるかわからない。

今できることを全力でやっていかなければならないのだ。

気持ちを改めて私はお世話係として奮闘する毎日を送っていた。

「マルティーヌ様、午後からも頑張ってくださいね」

「……」

プイッと目をそらされてしまう。

嫌われることを言ってしまったかな……。

ちゃんと気持ちをもっと聞きたかったが、家庭教師が来るので私は席を外すことにした。

他の仕事をしながらも、マルティーヌ様に目をそらされた理由をずっと考えていた。

朝はいつもどおりだった。

機嫌を損ねてしまった理由がどうしても思いつかない。

不安になりながら他の仕事をし、時間が過ぎるのを待つ。

思い返してみれば、ここ最近無視されることが多かった。

絵を描いていたので見せてもらおうとすると、手で隠されて……。

『見ないで！』と怒鳴られてしまった。

私から距離を取ろうとしているのだろうか。

それとも、反抗期的な？

考えてもわからない。

また仲よくなれるように頑張ろう。それしかないよね。


勉強が終わった頃、部屋に行こうとするとメロがいた。

「マルティーヌ様が、私とちょっとやりたいことがあるみたいなので今は部屋に入らないでとのことなんです」

「そうですか」

拒否されてしまったのははじめてだ。

部屋に入ることすら許されなくなってしまった。

あまりにもショックでお手洗いに駆け込む。

鏡に映る自分の顔を確認すると真っ青になっていた。

マルティーヌ様といえば、ジュリー！

……と、周囲から言われるほどの間柄になったのに。

落ち込んでも仕方がないけれど、もう一度心をつかむことができたら……。

私は自分でも思っている以上に、マルティーヌ様にぞっこんになっていたのかもしれない。


そんな日々が何日も続いた。

私は不安でいっぱいで、眠れなくなってしまう。

自分の部屋でベッドに横になっていてもなかなか寝つけない。

何度も寝返りを繰り返した。最近あまり感じていなかった頭痛もするようになっていた。

「メロさん、起きていますか？」

「起きてますよ」

ベッドの上で上半身を起こしてメロの方向を見る。

「マルティーヌ様はどうしてしまったのでしょうか？」

「……さぁ？」

彼女は起き上がることなく布団を被ったまま返事だけをする。

その態度が余計に不安になるのだ。

「もし私に直すところがあれば教えてほしいと伝えてもらえますか？」

「わかったわ。おやすみなさい」

「……おやすみなさい」

もう一度横になった。

しかし、頭の中を支配するのはマルティーヌ様のことばかりだ。

大切だと思っていたのは私だけで、マルティーヌ様にとってはただのお世話係の一人だったのかもしれない。

特別な感情を抱いていたのは自分だけ。

私みたいなものが、王族のお世話係としてそばにいることができたのは奇跡的なことだったのだ。

どこかで自分を特別だと勘違いしていたのかもしれない。

それからさらに何日も私はマルティーヌ様から、無視をされていた。

もしかしたらこのままお世話係を降ろされる可能性がある。

そんなことを思いながら水仕事をしていると……。

「マルティーヌ様が呼んでいます」

メロに声をかけられた私は元気よく頷いた。

「すぐに行きます！」

呼ばれたのが久しぶりだった。

「私、先にマルティーヌ様のお部屋に行ってますね」

メロを見送り、キリがいいところまで仕事を済ませた。

そして急ぎ足で向かう。

走ってはいけないとわかっているのに、スキップしてしまいそうな気分だった。

ドアの前に立つと深呼吸をする。

急いだせいでちょっとずれてしまったメガネを直して、ドアをノックして中に入っていた。

「失礼いたします」

「ジュリー！」

いつもの可愛らしい笑顔を見せてくれる。

それだけで私は嬉しくて瞳に涙が溜まってしまう。

その部屋にはメロも一緒にいた。

「なにかございましたか？」

マルティーヌ様の視線に合うようにしゃがんだ。

私はいつも用件を聞くときは、しゃがんで目線を合わせるようにしている。

マルティーヌ様がもじもじしながらこちらに近づいてくる。

「今日は、お誕生日でしょ？」

「えっ……」

すっかり忘れていた。十九歳になったんだ！

「そうでした」

「誕生日だって聞いたからプレゼントを作ったにょ」

「私にですか？」

私の問いかけに大きく頷いてにっこりと笑う。

「そうよ」

「……えっ……そ、そん、なあぁああ！」

喜びが大きすぎて泣き崩れてしまいそうになるが我慢する。

「はい」

手渡されたのは丸まっている紙で、リボンで結ばれていた。

「開いてみてもよろしいでしょうか？」

「いいわよ」

ちょっと恥ずかしいのか顔を赤く染めている。

リボンを解いて紙を広げると、私がお花畑に立っている絵だった。

あいするジュリーへ
おたんじょうび　おめでとう。
これからもずっとそばにいてね。
だいすき！
マルティーヌ

まだ字が完璧に書けないので、教わりながら書いたのだろう。

ヤバイ……。

いつどんなときも冷静な私でいようと思っていたのに。

これはヤバすぎる！

泣きそうだ。

嬉しくて、たまらない。

心臓がドキドキして鼻の奥がツーンと痛くなる。

「プレゼントを用意するために、ジュリーさんをなるべくお部屋に入れないようにしていたのですよ」

メロが説明してくれて、この数日間のつらい出来事の意味がわかった。

マルティーヌ様は私にサプライズを仕掛けようとしてくれていたということだ。

「本当にありがとうございます」

「あれ？　ジュリー泣いてりゅの？」

小さな手のひらが近づいてきて私の頬を伝う涙にそっと触れる。

「悲しかったにょ？」

「いいえ、とても嬉しいんです」

お世話係としてやってはいけないことかもしれないけど、感情が爆発してマルティーヌ様を抱きしめた。

「ジュリー愛しているわ。わたくしのお母さんになってくれたらいいのに……」

「マルティーヌ様……」

「いつもありがとう。これからも長生きしてね」

悪役になる可能性があるマルティーヌ様のそんな未来は絶対に阻止したい。

私はこれからもお世話係として全力で接していこうと決めたのだった。

第九章

「お勉強頑張ってくださいね」

ランチタイムが終わり、作法を習うために家庭教師が来ていた。

細身の年配女性で見るからに厳しそうな人だ。

あまりうるさいことを言うとマルティーヌ様は拗ねてしまう。

けれどいつも根気強く教えてくれているので、しっかり教育を受けられている。

私は、おやつのレシピを考えるために部屋を出た。

今日も、意見を言い合いながら充実した時間を過ごす。マルティーヌ様に喜んでもらえるお菓子を作りたい！

少しずつ好き嫌いも減ってきたし、成長している。

このままどんどん素敵な女性になってほしいなぁ。

時計を見るともうすぐ勉強が終わる時間だ。マルティーヌ様は集中して疲れている頃だろう。そろそろおやつを運ぼう。

今日のおやつは、パンケーキ。

ふっくらと焼き上がって美味しそうな香りが漂っていた。

平和でしあわせな日常。

それをぶち壊すような声が聞こえてきた。

「マルティーヌ様がいない！」

メイドから知らせが入る。

「どういうことですか？」

「家庭教師と一緒に消えていたんです」

「えっ！」

すでにロシュディ陛下には伝えられていて、総出で王宮内を探し回っているという。

私が思いついた場所を次々と探してみるが姿がない。

「マルティーヌ様……！　なんで……」

どうしていないのか理解ができなかった。

一人の若い護衛が話しかけてきた。

「そういえば家庭教師が帰っていくのを見ました……。一緒に男性が付き添っていたんですが、騎士の身なりをしていたので、検《あらた》めませんでしたが大きな袋を持っていました」

この王宮内ではたくさんの人が働いている。誰もがお互いに全員を把握しているわけではない。

あの部屋にいたのは家庭教師だ。

信頼できる彼女がまさか誘拐？

想像するだけで吐き気がしてくる。しかし、それしか考えられない。

でもマルティーヌ様は、襲われそうになったら大声を出すはずだ。

いったい、どういうこと？

「敷地内にはもういないかもしれませんね」

私と一緒に探している騎士がそう言った。

「その可能性が高いと思います」

「ここを出て捜索するようにいたしましょう」

落ち着いて待っていてくださいと言われたが、私は、いてもたってもいられず、一緒に探しに行きたいと申し出た。

危険だからと反対されたが、ロシュディ陛下からの許可が出て、一緒に外に出る。

王宮の門番は、馬車が西に向かっていくのを一時間前に見たそうだ。迷わずに西を目指す。

馬で移動したほうが小回りが利くので、数名は馬で走り出した。私は安全のため馬車に乗せられた。

無事でいますようにと祈るような気持ちで手を合わせていた。

国内の情報網を利用し、国の警備に当たっている騎士に伝えられたそうだ。


目撃情報を辿っていき、街から遠く離れた山奥にある小屋に着いた。

すぐに降りて入ろうとしたが、止められた。

「危険です。ここは、任せてください」

「わかりました。お願いします……」

そう言われても、心配でたまらない。

小窓を少し開けて覗いてみる。

騎士数名が剣を出して小屋に近づいていく。

扉を勢いよく開いた。

「手を上げろ！」

中から警戒したように出てきたのは、王立騎士のマークがある男。

（え、なんで？）

お互いに探っているようだ。

「貴様が誘拐したのか？」

「まさかそんなはずはない。俺は仲間だ。マルティーヌ様を保護した。誘拐犯もちゃんと捕まえている。毒を飲ませたらしい。今すぐに診てもらわなければ！　急げ！」

この中にマルティーヌ様がいるのだと思ったら、いてもたってもいられない。

私は馬車から降りて走って、小屋の中に入る。

汚れた床にぐったりと倒れているマルティーヌ様がいた。

「マルティーヌ様！」

「ハァハァ……ジュリー……」

顔色が真っ青になっていて呼吸が苦しそうだ。

「俺はこの地方の警備を担当している騎士団長で、シャーマンという。知り合いの医者がいるからそこにお連れする！　説明はあとだ！」

彼はマルティーヌ様を抱きかかえた。

ものすごい勢いだったので、王宮からやってきた騎士たちは圧倒されている。

「なによりもまずは命が優先だ。お連れしよう。案内してくれ」

「了解だ。ついて来い」

王宮から来た騎士がマルティーヌ様を受け取り抱きかかえ、馬車に乗せた。

あとに続く。

中に乗り込むとものすごいスピードで動き出す。

抱きしめられているマルティーヌ様に視線を向ける。

息が荒い。額には粒のような汗。すごく苦しそうだ。

次の瞬間、痙攣《けいれん》し口から泡を吹く。

なにもしてあげられない自分の無力さに涙があふれる。

私はただそばにいることしかできない。

そして、マルティーヌ様はついに意識を失ってしまった。

「マルティーヌ様、頑張って、お願いです！」

早く、早く……、診療所について！

頭の中で両親を失った日がフラッシュバックした。


診療所に到着した。

シャーマンが説明し、急遽《きゅうきょ》診てもらえることになった。

マルティーヌ様は完全に意識を失った状態で、口から薬を飲むことができない。

「解毒剤を注射します。処置が終わるまでの間、廊下で待機していてください」

看護師に言われ、力なく椅子に腰をおろした。

「国王陛下へは連絡を急いで入れるように」

責任者の騎士が伝達係に指示をする。

「承知しました」

現在外国に行っているので、陛下の耳に入るまでは少し時間がかかってしまうかもしれない。

　助けてくれた騎士シャーマンが近づいてくる。

「先ほどは失礼な態度を取ってしまった」

　赤茶色の髪の毛で、足が長い体がガッチリとした人だ。

「いえ、私はマルティーヌ様のお世話係のジュリーと申します。助けていただいて本当にありがとうございました」

「もう一歩早ければ、毒を飲まされる前に助け出すことができたのだが……。悔しくてたまらない」

　シャーマンは経緯を話してくれた。

　今日、彼は休みだった。

　山で息子と訓練していたら、不審な馬車を見つけたのだ。

　追跡しつつ、息子を安全な場所で降ろして、仲間に連絡をしてもらうように託した。

　息子はしっかりと役目を果たしてくれ、仲間が集まり突入した時には、マルティーヌ様は毒を飲まされた後だった。

「まさか王女が誘拐されたとは夢にも思わなかった。命をかけて守ろうとしたのだが」

一刻も早く診療所へ連れて行こうとしたが、犯人たちが抵抗したため、やむを得ず戦った。

全員を拘束した直後に、王宮からやってきた騎士が突入した。そして現在に至っている。

誰が一体こんなことをしたのだろう。

先ほどはマルティーヌ様の命を助けることが優先だったので、私も気が動転していて犯人の姿をしっかりと見てくることができなかった。

女性の姿があったという記憶は残っているのだけど。

「……犯人は誰だったんですか？」

ここまで一緒にやってきた騎士に聞くと口を開いた。

「マルティーヌ様の家庭教師と王宮を守っていた騎士でした」

「……嘘でしょう」

信頼していた人に命を狙われてしまったなんて……。あまりにもショックで私は言葉が出てこなかった。

医者が出てきて厳しい表情を浮かべている。

「お待たせしました。処置が終わったので、お部屋に移動します」

「マルティーヌ様は助かるのですかっ？」

私はいてても立ってもいられなくて思わず声を上げてしまった。

「今できる処置はすべてやらせていただきました。数日以内に意識が戻ればいいのですが……。どちらにしてもこの状態では移動するのは難しいので、しばらくはこちらで過ごされていたほうがいいと思います。意識が戻ったとしても体に強い負担がかかってしまっているので、王宮までの移動も難しいかと……。しばらく様子を見る必要があります」

話を聞いていた騎士の責任者が口を開く。

「シャーマン、マルティーヌ様をお守りするためにできるだけの警備をつけたい。王宮から応援を呼び寄せるまでの間、協力してもらえないだろうか？」

「了解した」

シャーマンはすぐに動いてくれ、ものすごい数の護衛が集められた。

マルティーヌ様は診療室から部屋に移動し、厳重に警備をされている。

診療所で一番広い部屋が用意された。

大きめのベッド、テーブルとソファーもあり、新鮮な空気が入ってくる大きな窓もある。

今は外が暗くなっていて何も見えない。

付き添いのための小さな部屋も隣にあるが、私は回復することを願ってずっとそばにいることにした。

それから五日が経過したが、目を覚ましてはくれない。

ベッドで眠るマルティーヌ様を見つめる。

「マルティーヌ様の生命力を信じるしかないな」

シャーマンも警備に当たってくれている。当番ではない時も頻繁に様子を見に来てくれていた。

「……はい」

意識が戻らなければかなり危険な状態だなんて……。絶望という言葉に覆われているような気持ちだった。

「大丈夫だと信じよう」

「そ、そうですよね」

「ジュリーさん。あなたまで倒れてしまっては大変だ。俺たちが見ているから、仮眠をとってくれ」

身が引き裂かれてしまいそうなほど心配で食事をすることもできなかった。

「無理をしないほうがいい」

「俺も様子を見るから、ジュリーさんはちゃんと寝たほうがいい」

「ありがとうございます」

親切な言葉をかけてくれたおかげで緊張していた気持ちが少し和らぎ、あたたかいミルクを口にできた。

それでもやっぱりマルティーヌ様のそばから離れることはできなかった。

はじめて出会った日のことを思い出す。

こちょこちょとくすぐりあって、笑って。

悪いことをして困らせられることもたくさんあったけど、いっぱい甘えてくれて。

マルティーヌ様は自分の中では大きな大きな存在となっていた。

もしこのまま目を覚まさなかったら……。

どうしたらいいのだろう。

「マルティーヌ様……頑張ってください……」

消えてしまいそうな声で私はつぶやいた。


次の日の朝になった。病室に太陽の光が入り込んでくる。

「んんんんっ」

マルティーヌ様が小さな声を出す。

意識が戻ったかもしれない！

私は立ち上がって確認した。

「マルティーヌ様」

問いかけにまぶたをがふるえてゆっくりと開く。

「……ジュリー？」

「マルティーヌ様っ」

マルティーヌ様が無事に目を覚ました！

なんとか一命は取り留めたのだ。

「よかったです。お医者様を呼びます」

すぐに医者に来てもらい、診察を頼んだ。

「このまま回復すれば大丈夫でしょう。しかしすぐに動くのは体力的に厳しいと思います。二週間ほどこちらで静養してから戻るのがよろしいかと」

「わかりました」

陛下には騎士に伝言をしてもらうことにし、ここでしばらく過ごすことになった。

顔色はまだ悪いが、目を覚ましてくれたことに心からの感動を覚えた。

犯人に対しては重い罰を与えてもらいたい。

誘拐することは、絶対に許されないことなのだ。

思い出すだけで腹が立って、どうにもならない気持ちに支配される。

しかし、マルティーヌ様を不安にさせてはいけないからと、笑顔で過ごすようにしていた。

国王陛下からの見舞いも届いた。

本来であればすぐに飛んでいきたいところだがどうしても外せない仕事があり、回復を祈っているとのメッセージも届けられた。

日に日にマルティーヌ様は体調が回復していき、少しずつ食事を口にすることができるようになってきた。

シャーマンも毎日のように顔を見せてくれ、息子が作ったというお見舞いの品を渡してくれた。

手先が器用なようで、木製のタイヤがついたおもちゃだった。

それをマルティーヌ様はたいそう気に入られたのだ。

息子に会ってみたいとマルティーヌ様が言った。

短い時間であれば気分転換にもなると、医者から面会の許可をもらい、毎日、息子のレゴワーズも花やおもちゃを持って顔を見せてくれるようになった。

「レゴ！」

「マルティーヌ様、お花を持ってきました」

「まぁ、素敵」

「もうそろそろお花を見つけるのも難しくなってくる季節ですね」

「ええ」

レゴワーズは今八歳らしい。

いつも気を遣ってくれるやさしいお兄さん的存在だ。

マルティーヌ様はたいへん気に入っているみたい。

「お二人が来てくださるのを楽しみにしているんですよ」

子供たちが話している様子を見ながら、私とシャーマンは語り合っていた。

「喜んでいただけて光栄だ」

二人が家に帰ってしまうときは、本当に悲しそうな瞳を向けていた。

マルティーヌ様は食事を終えると早めに休んでもらう。

眠っているところを見つめて、私はソファーに座り一息ついた。

元の生活に戻れるまではあと少し時間がかかってしまうかもしれないが、子供の話し相手がいることで回復が早いと医者が話していた。とてもありがたいことだ。

レゴワーズはあれほどのイケメンだ。王立の騎士団長の息子でもある。

ある程度の地位もあるし……。

私が前世プレイしていた乙女ゲームのキャラクターとして出てきていなかったかな？

思い出そうとしても、まったく記憶にない。

（……もしかして、ゲームに出てきていないキャラクター？）

そうであれば、マルティーヌ様の恋愛対象となってくれたら、他の女性に嫉妬して悪さを働かなくなるかもしれない。

（そうしたら、悪役じゃなくなる？　これは悪役脱却になるかも！）

いいことを思いついた気がした。


回復したマルティーヌ様が王宮に戻るまで残り五日しかない。

この短い期間で、マルティーヌ様の恋となるように、少しでも仕掛けていきたい。

もちろん体調もあるのであまり無理はさせられない。

「レゴワーズさんにもうすぐ会えなくなってしまいますね」

「ええ……」

「寂しいですね」

「しょうね」

切なそうな表情を浮かべている。

まるで恋する乙女のようだ。

「胸の辺りがキュンキュンてしませんか？」

「……しゅるかも？」

マルティーヌ様は自分の胸に手を当てて首をかしげている。

その様子が可愛くて私は思わずほほえんだ。

「会えなくなってもまたきっと会えるわよね」

「文通相手になってもらうのはいかがでしょうか？」

「ぶんつう？」

「ちょっと距離があってなかなか会えない方と、お手紙のやり取りをするということです」

表情が明るくなってしっかりと頷いた。

「それはいい考えね！」

会えなくても二人がつながっていれば、恋心が育つのではないか。

まだ四歳のマルティーヌ様に愛だの恋だのは、早すぎるかもしれないけど、チャレンジしてみる価値はありそうだ。

あとは、レゴワーズにも気に入ってもらわなければいけないよね。

レゴワーズは今日も様子を見にやってきた。

私はレゴワーズを隣の待機部屋に呼び寄せて気持ちをなんとなく探ってみる。

「いつも本当にありがとうございます」

「いや、僕も会えるのを楽しみにしているんだ。もうすぐ会えなくなってしまうなんて寂しいな。王女様を目の前にして言うのも申し訳ないんだけど、妹ができたみたいで」

だよねー。まだ子供には恋愛は難しいよね。

やっぱり文通で愛を育《はぐく》んでもらうのが一番だ。

もっと近くに住んでいればなぁ。

お互いの近くに素敵な人がいたら、心変わりしてしまいそうで、とても難しい。

でも今はできることをやるしかないと私はポーカーフェイスを装った。

「そうですか。マルティーヌ様も寂しいとおっしゃっておりましたよ」

「ありがたいです」

「マルティーヌ様は、きっと素敵な女性になると思いますよ」

「でしょうね。じゃあ、そろそろ行きますね」

もうちょっと話を進めたかったけどスルーされてしまった。

マルティーヌ様の部屋を見ると、お菓子を食べながら二人は楽しそうに話をしている。

そこに私が近づいて文通の提案をした。

「よろしいのですか？　僕が王女様と」

「助けてくださった命の恩人なのです。国王陛下にも聞いてみますね」

国王陛下ならそれを許してくれると思った。


診療所で二週間を過ごし、王宮に戻るまでの体力が残っているか診察をしてもらう。

「大丈夫でしょう。しかし無理はなさらないでください。薬草をお渡ししますので体調が悪かったら飲んで休憩を取ってください」

医者からそんな話をされた。

そしてあっという間に出発の日を迎える。

体調を崩さないようにしっかりと様子を見ながら帰らなければならない。

お見送りにシャーマンとレゴワーズが来てくれた。

「レゴ」

「マルティーヌ様、お元気で」

「レゴ、また一緒に遊びたいわ」

「はい。僕もです」

お別れをする瞬間が寂しそうで、見ているだけで胸が痛んだ。

私も二人には本当にお世話になったので頭を下げた。

馬車に乗り込み私たちはこの街をあとにしたのだった。

◆

順調に王宮に戻ってくることができた。

大勢の職員に迎えられたマルティーヌ様は、少し恥ずかしそうにしながらも笑顔を浮かべた。

すぐにロシュディ陛下の執務室に向かう。

会う機会が増えたらもっと仲よくなれるかもしれない。そして未来がいい方向に転がっ

それはいい考えだ。

「もっとここの近くの警備にあたってもらってもいいかもしれない」

マルティーヌ様の何気ない発言にロシュディ陛下が頷いた。

「会えないからさびちいの」

「たしかに。褒美をやろう」

「本当に助けてくださってありがたかったです」

「なるほど、シャーマン親子が尽力してくれたのだな」

意味がわからないというように私のほうを見つめたので、説明をする。

「文通？」

「お父様。向こうでお友達ができましたの。ぶんつうしてもよろしいですか？」

「無事でよかった」

二人が再会する姿を見て、私は涙を流しそうになってしまう。

心配でたまらなかったに違いない。

ロシュディ陛下は、娘のことを力強く抱き締めた。

「お父様」

「マルティーヌ」

ていく気がした。

自分の部屋に戻ってきたマルティーヌ様は、ほっとしているのかちょっと疲れたような顔をしていた。

「やっぱり自分の部屋が一番落ち着くわね」

「お帰りなさいませ」

「ただいま」

柔らかい笑顔を向けて私に抱きついてきた。

そして今まで我慢していたのか、だんだんと顔が歪み、シクシクと泣きはじめたのだ。

「不安だったわ。すごく怖かったわ。生きて帰れないかもって思ったわ。もしかしたらお母様のいる世界に行くのかなって思ったにょ。でも、私にはやりたいことがまだまだいっぱいありゅ。美味しいお菓子を食べたいし、ジュリーに絵本をいっぱい読んでもらいたいし、行きたいところもいっぱいありゅわ。だから死にたくないって思ったの。具合が悪くなってつらかったけど、ジュリーがずっといてくれたから安心できたの。本当にありがとう」

「こちらこそ、生きていてくれてありがとうございます」

背中をやさしく抱きしめた。小さな体がまだ小刻みに震えている。

どんな理由があって誘拐したかわからないが、絶対に許せない。

こんなに幼い子供を恐ろしい目に遭わせるなんて……。

「今日はゆっくり眠ってください」

「ここに一緒にいてくれる？」

「かしこまりました」

安心したのか気持ちよさそうな寝息が聞こえてくる。ぐっすり眠っていい夢を見てくださいね。

◆

あれから、マルティーヌ様はすっかり体調も回復し日常に戻りつつある。

ロシュディ陛下の執務室に呼び出しをされた。

「忙しいところ申し訳ない」

「とんでもないです」

「マルティーヌは元気で過ごしているようだな」

「はい。笑顔を見せてくれるようになりました」

「誘拐犯捕縛の功績でシャーマンには、王都の警備を担当してもらうことになった」

地方から王都を任されるということは、稀有《けう》なことらしい。

「誘拐した犯人の刑が決まった。マルティーヌを襲った理由もわかった」

マルティーヌ様の誕生日パーティーで、ユリアンカ様のドレスを破いてしまったことがきっかけだったみたい。

ヨーテル王国の王妃が帰ってきた娘への侮辱を聞いて、どうしても許すことができず、毒殺するように命令をしたそうだ。

そこで目をつけられたのが家庭教師だった。

ヨーテル王国の使いに声をかけられて、多額の金を用意するとそそのかされたらしい。同じく門番をしていた騎士も声をかけられ、ありえないほどの金の量に目がくらんでしまったそうだ。

なぜ裏切るようなことができたのか。ひどい話で頭痛がする。

「自分が信頼して仕事を任せていた人間が……。情けない」

私も許せなくて無言のままこぶしを握りしめていた。

「ヨーテル王国の国王陛下からはお詫びの連絡が入った。国王は事態を把握していなかったそうだ。こちらが悪かったとはいえ、しかし到底許されることではない」

「絶対に許されることではありません」

「すぐに信頼関係を取り戻すことは難しい。しばらく様子を見させてもらうことにした」

私は黙って話を聞き頷いた。

「マルティーヌを誘拐した家庭教師と騎士は、国外追放だ」

死刑にならなかっただけまだマシだ。

「私はこれからも忠誠を誓います」

胸に手を当てて真剣な眼差しを送る。

ロシュディ陛下は厳しい顔をしていたが、穏やかに笑って頷いてくれた。

「ジュリーは絶対に裏切らないと信じている」

ロシュディ陛下が笑顔になると、春の桜が満開になったように穏やかな気持ちになる。

きっと私のメガネの奥の瞳はハートになっているに違いない。

「マルティーヌに、ジュリーなら母親になってもらってもいいとまた言われたんだ」

「……ありがたいお言葉です」

マルティーヌ様から何度も言われたことがあった。

しかし身分的にもロシュディ陛下の妻になるなんてありえない。私にはお世話係という立場が合っている。

「マルティーヌ様が立派な大人になるまで、お世話係としてそばにいたいと思います」

「それは、私は振られたということか？」

「……えっ、いえ」

どこまで本気で言っているのだろうか。

動揺する私を見てロシュディ陛下は顎に手を当てて、笑っていた。

「からかうのはよしてください」

「本気で言っていると言ったらどうする？」

どうするって……。どうすることもできないじゃない。

黙り込んでいる私を見て、これ以上からかうのはかわいそうだと思ったのか。

「ありがとう。またなにかあれば報告させてもらう」

退出するように言われてしまった。

執務室を出ると心臓の鼓動が加速していて、呼吸が苦しくて、酸素を肺いっぱいに取り込んだ。

第十章

「マルティーヌ様」

「なに？」

午後の自由時間になり、マルティーヌ様の部屋に入った。

「レゴワーズさんから、お返事が届きましたよ」

「ほ、本当？」

先日、マルティーヌ様は一生懸命手紙を書いて送ったのだ。こんな内容だった。

レゴワーズへ
おげんきですか？
わたくしは、げんきです。
いっしょに、あそんでくれたことがうれしかったわ。
またあいたいです。

いっしょにおいしいものたべたいわ。

おへんじください。

マルティーヌ

たったそれだけのお手紙だったけど、心を込めて書いたはず。

だからお返事が来てこんなに喜んでいるのだろう。

「お返事、読んで！」

「かしこまりました」

マルティーヌ様
お手紙ありがとうございます。
その後、おかげんはいかがでしょうか？
僕は春に王都へ引っ越しすることになりました。
どこかでお目にかかれる日があることを楽しみにしております。
レゴワーズ

手紙を読むと、マルティーヌ様は瞳を輝かせていた。

大事そうに手紙を胸に抱く。

「よかったですね」

「ええ。レゴは字が上手ね」

「はい」

「レゴは、近くに引っ越してくりゅのね」

「そのようですね」

「楽しみだわ。またお返事書かなきゃ。字がもっと上手くなるように練習しなければいけないわね！」

「応援しております」

頬を桃色に染めている姿を見て、こちらまで胸がキュンキュンしてくる。

彼がマルティーヌ様の恋の相手となれば、悪役の未来を変えることができるかもしれない。でも、王女なので簡単には好きな人と一緒になれないだろう……。

なかなか一筋縄ではいかなさそうだが、マルティーヌ様の明るい未来のために私は奮闘するのみだ！

◆

十一月中旬になり、トッチェル王国も冷え込む季節となっていた。

新しい家庭教師が派遣された。

公爵家に嫁いだ女性だが、早くに未亡人になってしまいそれから教育の仕事に励んでいる。今までも多くの貴族を教えてきた人らしい。

厳しい面接があり、採用されたのだ。

穏やかな女性で、今度こそ裏切られませんようにと祈っている。

今のところは悪い噂も聞かず、マルティーヌ様も楽しく学ばれているようだ。

最近は、驚くほど、行儀よく過ごしていらっしゃる。

成長したというのもあるかもしれないが、いい子に育っているように私は思う。

しつこいと思われるかもしれないが、マルティーヌ様の未来を考えて、結構うるさく言ってきてしまった。

お互いに信頼関係を作りつつという感じだったが、効果が出てきたのかもしれない。

調理場でお菓子のレシピを伝えてから、マルティーヌ様に関わっている侍女と話しながら歩く。

「最近、すごく素直に話を聞いてくれるようになったんです」

そう話し出したので、感じていたのは私だけじゃないと確信が持てた。

「そうですよね。お風呂もちゃんと入ってくれますし。ご飯も食べてくれますし」

あぁ、嬉しい。

悪役への道から少しずつ離れていっているのかもしれない。

思わず笑みがあふれてしまう。

「なんというか、王女様らしくなった気がします」

「私もそう思います！」

強く同意した。

「ジュリーさんのおかげなんじゃないですか？」

「いえ。マルティーヌ様がいろいろ学ばれて自分でお考えになったのでしょう」

順調に育っているのだ。

努力が報われている証拠だと思っていた。

……のに！

「ぎゃはははははっ」

部屋に入ると悪役っぽい笑い方が聞こえてきた。

何事かと思って近づくと、侍女が首の辺りを押さえて咳き込んでいる。

「どうなさったんですか？　大丈夫ですか」

「ゴホゴッホ、ゲホ」

顔を真っ赤にしてうまく話すことができないみたいだ。

状況を把握しようと視線を動かす。

テーブルの上に飲みかけのジュースが置いてあった。

「これはなんですか？」

「マルティーヌ様が……っ、ゲホゲホッ、なにかを」

「この前拾った酸っぱい実を入れてやったわぁ。オーホッホッホ」

自慢気に言って楽しそうに笑っている。

私は血の気が引くような思いをした。

この前拾った酸っぱい実というのは、散歩中に木になっていた実。

あと数週間すれば熟れて甘くなってくるはずなのだが、今の時期は食べたら酸っぱくて倒れてしまうという、こちらの世界にしかない果物だ。

『これはすごく酸っぱいので絶対口にしないでくださいね』

『へぇー』

よく話を聞いてくれていると思ったのに、いつのまにか拾って隠し持っていたとは……。

「本当に酸っぱいか試してみたかったにょ」

搾った証拠にマルティーヌ様の手がベタベタになっていた。

毒ではないのでこれを飲んでも大事に至ることはないが、侍女は本当に参ったという様子で咳き込み続けていた。

「どなたか水を持ってきてください」

呼吸が落ち着いてきた侍女に水を飲ませた。

そして、自分の部屋で休んでいてもらうことにする。

私は目の前にいるいたずらっ子のような顔をしたマルティーヌ様と向かいあう。

「とても苦しんでいたじゃないですか」

「だって本当に酸っぱいのかなぁって」

悪びれた様子がないので、頭が痛くなってきた。

「絶対に口にしないでくださいねってこの前お伝えしたと思うのですが」

「わたくしは口にしていないわ」

「他の人にもです」

こんなことになるとは予想もしていなかった。

「苦しそうな姿を見るとなんだか楽しくなってきちゃうの」

……うわ。

かわいらしい顔をしてこんなに恐ろしいことを言うなんて。

あぁ、頭痛がしちゃう。

「マルティーヌ様……あのですね」

理解してくれるまで丁寧に説明していくしかない。

今日は少々時間がかかりそうだ。

だって、きょとんとしたかわいい瞳を向けてくるから。

悪役になるという可能性は無数にある。
細胞一つ一つに悪役になるための作用が埋め込まれているのかもしれない。
ついさっきいい子になったねと話をしていたばかりだったのに。
これからも私は全身全霊をかけて、マルティーヌ様がまともな道を歩いて行けるように
お世話係として頑張らなければいけない。
私が目指す悪役王女回避のエンドまで、しっかりとお世話をさせていただこう。
ご指名ナンバーワン家政婦だった前世の記憶を全力で活かそう！
そして、立派な王女様になってもらいたい！

◆おまけ

＊マルティーヌ

腹が立つ。
疲れてなにもやる気が出ない。
一日にやることが多すぎるの。王女ってめんどくさくて大変なのよね。
のんびりと過ごしていたいんだけどな。
お勉強とか、ダンスのレッスンとか、お作法を習うとか。
つまらない。
本当に面白くない。
はぁー。
今日も疲れた。
ダンスのレッスンが終わって部屋に戻り、ぼんやりと窓の外を眺めていた。

なぜ、わたくしはいつもイライラするのかな。

誰かが悲しむ顔をするのを見るのが大好き！

……でも、そういうことをしたらジュリーに叱られてしまうのよ。

『人が悲しむことをしてはいけません』ってね。

わたくしは、ジュリーが大好きだから言うことを聞こうと思ってる。

なんで大好きかって言うと、本当に愛してくれているのがいつも伝わってくるから。

ドアがノックされ部屋の中に入ってきたのはジュリーだ。

「マルティーヌ様」

「ジュリー！」

会いに来てくれて本当に嬉しい！

一気に気持ちが舞い上がる。

「今日はなにをして遊ぶ？」

「そうですね。やりたいことがございますか？」

いつもしゃがんで、視線を合わせて話をしてくれるの。

大切にしてくれているのがわかる。

「お絵かきがしたいわ」

「かしこまりました」

すぐにペンと紙を持ってきてくれた。

鳥の絵を見せる。

「とてもお上手ですね」

あたたかい眼差しが大好き。メガネの奥の瞳がやさしいのよね。

「そうでしょ？」

褒められてとても嬉しくなってしまう。

褒められたいからもっともっと頑張ろうって思うの。

だから最近は苦手なお野菜も食べるようになった。

お野菜を残したら暗いゴミ箱に捨てられちゃうみたいでかわいそうだし。

それもジュリーが教えてくれたことなの。

他の人は『残したらダメですよ』って怒るだけだったのに。

わたくしにわかりやすく教えてくれるところも大好き！

遊んでいると疲れてきたので眠くなってきた。

ジュリーの膝の上に頭を乗せると背中をやさしく叩いてくれる。すごく安心するんだ。

このままいい夢が見られそう。

「大好きよ、ジュリー……むにゃむにゃ……」

「うふふ」

柔らかなほほえみ声が聞こえて……しあわせ。

おわり

コスミック文庫α

スーパー家政婦《かせいふ》、転生《てんせい》したら
悪役王女《あくやくおうじょ》の専属《せんぞく》お世話係《せわがかり》でした（泣）

2024年2月1日　初版発行

【著者】　ひなの琴莉《ことり》
【発行人】　佐藤広野
【発行】　株式会社コスミック出版
〒154-0002　東京都世田谷区下馬 6-15-4
【お問い合わせ】　一営業部一　TEL 03(5432)7084　FAX 03(5432)7088
一編集部一　TEL 03(5432)7086　FAX 03(5432)7090
【ホームページ】　https://www.cosmicpub.com/
【振替口座】　00110-8-611382
【印刷／製本】　中央精版印刷株式会社

ISBN978-4-7747-6542-6 C0193